오늘도 핸드메이드!

소영 만화

1

머릿속에 떠오르는 첫 기억이
무엇인가요?

엄마 손을 꼭 잡고 갔던 목욕탕, 유치원에서 집으로 뛰어가던 골목길, 친구와 나눠먹던 300원짜리 국물 떡볶이처럼 희미하게 떠오르는 내 생의 첫 순간. 저는 밥을 먹는 네 가족의 모습을 그려 유치원 선생님과 엄마의 칭찬을 받았던 날이 가장 강렬한 처음입니다. 종이만 있으면 무엇이고 그려내던 그때부터였을까, 학창시절 내내 만화가를 꿈꾸었던 제게 지금 그 꿈같은 일이 벌어지고 말았네요.

프리랜서의 고단한 삶을 위로하고자 핸드메이드 작업이 내게 왜 소중한지에 대한 만화를 그려 올리게 된 것이 『오늘도 핸드메이드!』의 시작이었습니다. 한분, 한분 이런 소소한 이야기에 관심을 가져주셨고, 도전만화 포털 중에는 댓글에 답글을 달 수 있는 곳도 있어서 감사한 마음을 열심히 남기곤 했습니다. 그러던 중 믿기지 않게도 네이버에서 연락이 왔지요.

만화 속 '소영'의 입을 빌려 하고 싶은 이야기와 그리고 싶은 것들을 그렸던 지난 1년 남짓. 체력적으로는 가끔 힘들기도 했지만 압도적으로 행복했던 시간이었습니다. 아마도 이런 기회는 생에 다시 오지 못할 것이라고 생각합니다. 더불어 감사한 제안 덕분에 화면을 넘어 책으로도 만져 볼 수 있게 되었네요. 고마운 분들이 너무 많아서 헤아릴 수 없는 지경입니다.

　엄마의 칭찬이 좋아서 연필을 쥐고 놓지 않았던 어린이는 지금 매일매일 과분한 칭찬을 받으며 만화를 그립니다. 뭐든 끝이 있다는 것을 알기에 곧 『오늘도 핸드메이드!』 작가로서의 행복한 일상도 마침표를 찍게 되겠지요. 여러분의 소중한 책장 한편을 이 책에 내어주셔서 진심으로 감사드립니다.

　저의 한 문단을 함께 읽어준 모두, 좋은 하루 보내세요!

>>>>>>>>>>>>>>>>
차례
<<<<<<<<<<<<<<<<<

⓪⓪ 프롤로그

딱히 쓸모없지만
한 코, 한 코 뜹니다.

나라도 보고 싶으니까
한 수, 한 수 놓습니다.

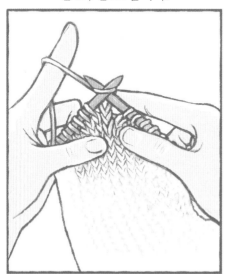

자투리가 아까우니까
드르륵 박습니다.

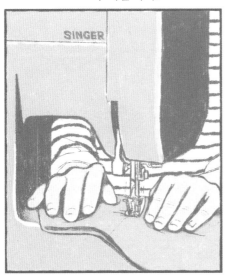

재밌으니까
슥슥 자릅니다.

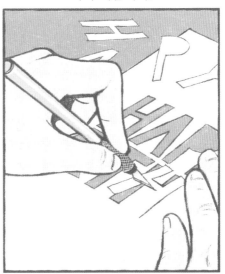

매일 해도 좋으니까
그립니다.

왜 이런 것들이
좋은지는 모르겠지만

툭툭

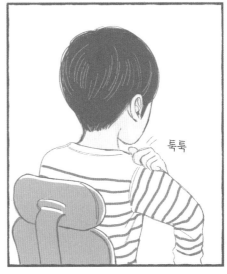

어느새 나의 방은
작고, 산만한 이것들로 가득합니다.

끼익

쪼코 왔어?

킁킁킁

누나 뭐 하나
궁금해서 왔어?

**오늘도
핸드메이드!**

나만 알기엔 너무 재밌고,

나만 보기엔 너무 예쁘고

나만 느끼기엔 너무나 따뜻한,

손으로 하는
모든 이야기를

지금부터
시작해보려고 해요.

소영아, 뭐 하니?

덜컥덜컥

그래서
오늘도 핸드메이드!

뭐 만들어요!

"소영이라는 이름"
나와 닮은 소영, 나와 다른 소영

주인공 '소영'은 네이버 도전만화 때엔 한 번도 이름이 나오지 않았습니다.

　자전적인 내용을 담고 있지만 동시에 스스로와 분리시켜 이야기 자체에서 사랑스러운 느낌을 주고 싶었기에 나의 이름을 붙이기가 쑥스러웠습니다. 정식 연재가 결정되고 캐릭터의 이름을 결정해야 하는 순간이 오자 아무리 고민해봐도 제 이름이 아닌 다른 이름을 붙이는 것이 이상했습니다. 그래서 성을 빼고 '소영'이란 이름만 붙여 나이지만 내가 아닌 한 청춘의 조용한 일상을 보여주는 이야기가 시작되었지요. 일상에서 가장 기억하고 싶은 부분을 열 배쯤으로 확대해서 기록하는 기분으로 작업을 했습니다. 개인적으로 연재 초반보다 지금의 모습에 더 여유가 생기고, 모진 부분도 덜어졌다고 생각합니다. 만화 속의 '소영'과 좀 더 비슷한 삶을 살고 싶다고 바라게 되면서부터인 것 같아요. 만화가 한 편, 두 편 올라가면서 이런 이야기를 통해 조금이나마 기분이 나아지는 사람들이 있다는 것을 알게 됐고, 참 신기하고 기뻤습니다. 이렇게 소소하고 조용한 만화를 읽어주신 덕분에 저도 '소영'의 삶을 빌려 하고 싶은 이야기를 더 말할 수 있었습니다.

01 어느 가을날의 사세

마음은 한없이 간사해서
한결같기가 참 어렵습니다.

좋은 것도 늘 보면 쉽게 익숙해져
감정 끝이 무뎌지기도 하고,

드르륵

간절하던 것이 찾아오면
유난스레 기쁘기도 합니다.

오랜 시간 기다려온
이 청명한 가을처럼!

우와…

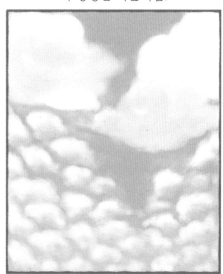

선선한 바람과 적당한 습도,
길지 않아 더 소중한 계절.

자주 가는 동네 카페도
시원하게 문을 활짝 열었습니다.

부부 바리스타가 운영하는 이곳은

친절히도 탈취용 원두를
손님들에게 내어주곤 합니다.

평소엔 잘 가져가지 않지만,
집의 커피찌꺼기가 떨어져

오늘은 감사히
두 봉투를 챙겨 왔습니다.

실은 만들고 싶었던 게 있었어요.
바로 향주머니, 사셰!

'사셰'란 프랑스어로 향이 나는 것을
담는 작은 주머니를 말합니다.

마음을 설레게 하는
작은 물건이죠.

냄새 좋아?

킁킁

준비물은
종이실과 탈취용 원두,
미니 베틀입니다.

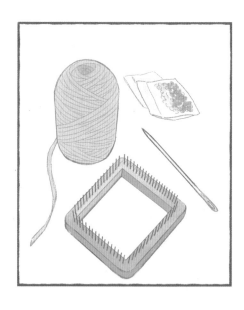

베틀에 넉넉하게
실을 끼워주고,

세로 줄을 위아래로 엮으면서
면을 채워갑니다.

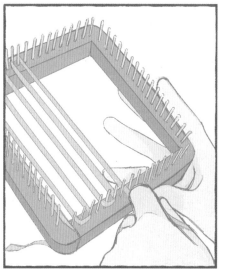

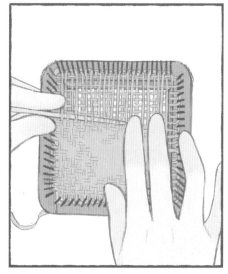

양면을 만들어야 해서,
즐겨 듣는 팟캐스트를 틀었습니다.

패널분의 책이 나왔대요. 쭉 응원하던
이의 성장이 뿌듯한 것은 왜일까요?

완성된 조각을 살살
빼내어줄 때의 느낌이 참 좋습니다!

두 장을 겹쳐,
마름모꼴로 꿰매고

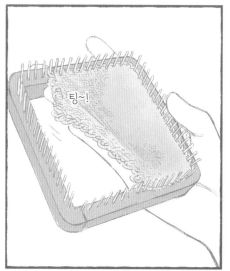

실을 길게 빼서 조여줄 수 있도록
입구 부분의 네 곳을 통과시켜요.

중간을 한 번 묶어 당기니
오므라지는 모양이 귀엽습니다.

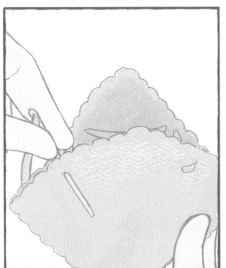

원두를 넣고

친구가 생일 선물과 함께 준

차마 아까워 버리지 못한
말린 꽃 한 송이를

고리 사이로
조심스럽게 꽂아줍니다.

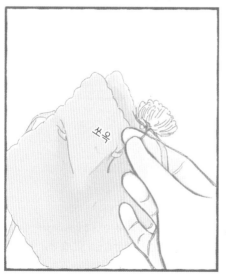

끝을 잘 묶어
화장실에 걸었어요.

탈취 효과는 7일이라지만,
한결같이 향기가 날 듯한 기분입니다.

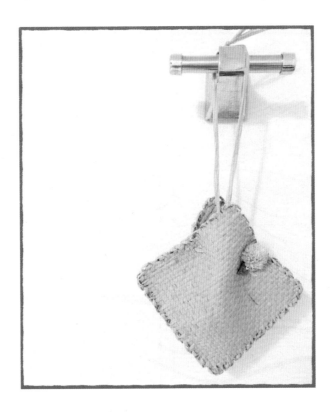

———————————Tip!———————————

여기 등장하는 도구의 이름은 '미니 베틀'입니다. 웹툰에서는 제가 베틀과 수틀을 착각해서 미니 수틀로 소개하는 실수를
하고 말았습니다. 보통 '수틀'은 자수를 놓을 원단을 평평하게 끼우는 틀을 말하고, 베틀은 씨실과 날실을 엮어 천을 만드
는 기구를 말해요. 크기와 종류 또한 문화마다 매우 다양하게 존재합니다.

⑫ 크로셰를 덧댄 천 도구함

깨끗이 치워놓은
책상 앞에 앉으면

뭐든 시작할 수 있는 느낌과 동시에

음…

뭐 해야 되지…

텅 빈 백지를 마주한 것처럼
막연함이 다가옵니다.

이럴 땐,
우선 손을 움직입니다.

어느새 하고 싶거나,
해야 하는 것들이 떠올라요.

아!

그럼
꼭 필요한 것들이 있습니다.

나의 잡다하고,
사랑스러운

작은 도구들!

늘 함께하는 이 친구들을 위한
도구함을 만들려고 합니다.

뾰족한 도구들도 있기 때문에
튼튼한 면직물을 준비했어요.

크응… 크응…

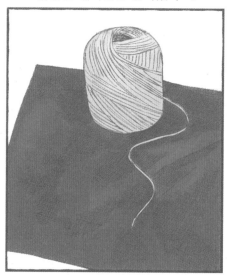

시접 부분을 생각하며
적당한 사이즈로 자릅니다.

초크로
재봉할 선을 그리고

화살표 방향으로 접어

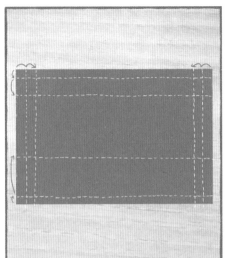

천천히
페달을 밟습니다.

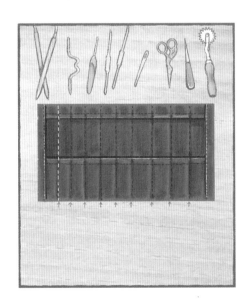

각각의 넓이에 맞춰
박음질로
칸을 나누어주면
틀은 완성이에요.

이젠 투박한 느낌을
덮어줄 크로셰를 뜹니다.

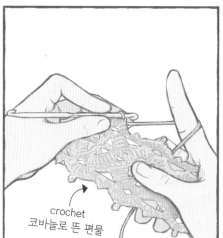

crochet
코바늘로 뜬 편물

매일 볼 친구라,
아끼는 연하늘색 실을 골랐습니다.

쿵?

크로셰와 도구함을
중간중간 땀을 떠 연결하고

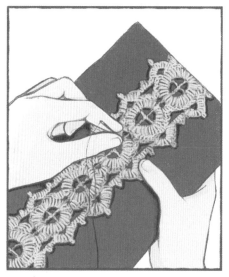

흩어진 것들을
모아서 담아줍니다.

오늘도
핸드메이드!

눈짐작이었는데,
다행히 물건들이
잘 맞네요!

도서관에서나

친구와 함께
작업하고 싶을 때나

조금은 장거리의
지하철 여행 중에도

나의 곁 한구석에
함께합니다.

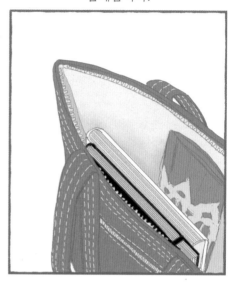

눈앞의 막연함을

당장 행동으로 옮길 수 있도록
성실하게 도와주는

크로셰를 덧댄 천 도구함,
앞으로도 잘 부탁해요!

———————————Tip!———————————

직접 원단으로 보관함이나 주머니를 만들면 담을 물건의 사이즈에 맞출 수 있는 것이 큰 장점입니다. 곡선 없이 직선으로
만 이루어진 물건은 종이로 접고 잘라보며 패턴을 만들고, 그대로 원단에 베껴 작업하면 좋습니다. 원단이 여러 번 겹쳐
지는 곳은 두꺼워서 바느질이 잘 안 될 수 있으니 시접을 조금씩 잘라서 재봉하세요.

⑬ 벽장 속의 주머니집

작업을 하다 보면
금세 책상이 어지러워집니다.

잘 모으고, 잘 버리지 못하는
타입이기 때문에

끝!

모양도 길이도 제각각인
물건들이 참 많습니다.

정리하는 방법에 대한
책들을 찾아보면

가장 효율적인 방법은 제자리를
찾아주는 것이라고 합니다.

매번 이사하는 수고로움 대신
정착할 수 있는 집을 마련해줘야겠습니다.

집의 몸판이 되어주려면
힘 있는 원단이 필요합니다.

폭신하고 두툼한 네오프렌 원단을
큰 직사각형으로 자릅니다.

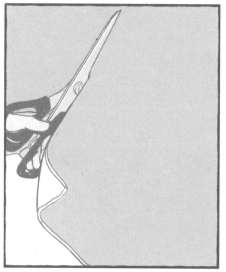

주머닛감은 낙서한 듯한 프린트가
매력적인 패브릭으로!

할머니께서 주신
뜨개바늘 뭉치는 긴 네모,

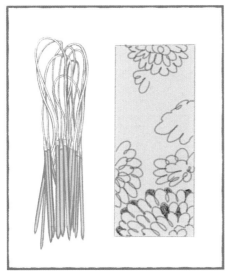

화장품 만들 때 쓰는
온도계와 계량도구는 납작한 네모,

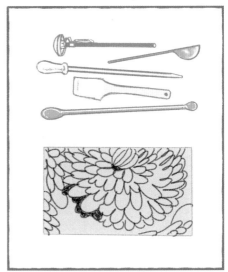

매일 쓰는 왼손잡이용 재단가위는
네오프렌 네모,

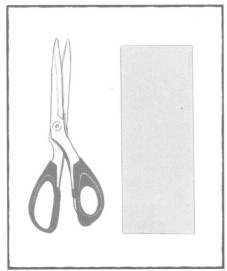

주문 제작한 핸드메이드 택은 톡톡한
네모, 미니 베틀은 정사각형 네모.

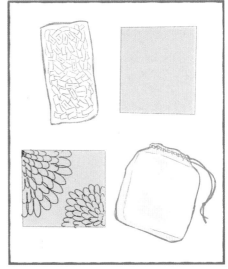

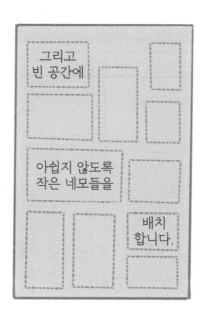

그리고
빈 공간에

아쉽지 않도록
작은 네모들을

배치
합니다.

핀으로 주머니의
위치를 고정합니다.

주머니들은 자연스러운 맛이 있는
로엣지로 박아줄 거예요.

raw-edge

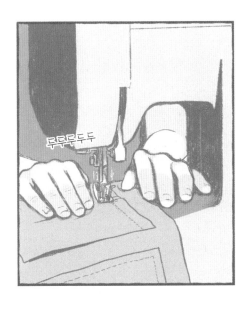

두루루루두두

각각의 네모들을 윗부분만 빼고,
디귿자로 박습니다.

차분히, 하나씩,
위치를 봐가면서 달아줍니다.

가지고 있던 나사형 스터드를 달아
끈을 걸 준비를 해요.

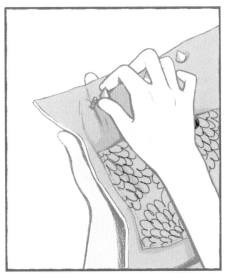

주머니집의 위치는 벽장문 안쪽!
미니 행거를 붙인 뒤, 잘 걸어줍니다.

각각의 주머니에
물건들을 넣어줍니다.

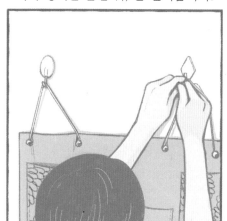

보기 좋네~

**오늘도
핸드메이드!**

이것으로
아늑한 주머니집이 완성됐어요.

아마 당분간 책상은
깨끗하겠지만,

이 상태를 지속하기 위한
마음을 굳게 먹었습니다.

매번 벽장 속에
숨길 수는 없으니까요!

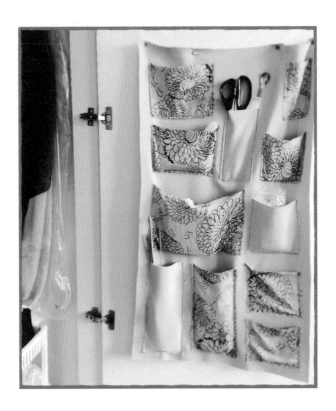

———————————Tip!———————————

원단은 주로 동대문종합시장에서 구합니다. 곳곳에 취미로 만드시는 분들을 위해 소량 원단을 파는 곳이 있어요. 요즘에는 인터넷에서도 쉽게 원단을 살 수 있지만, 화면으로 보는 것과 실제로 보는 색감과 촉감에는 조금 차이가 있습니다. 인터넷에서 옷을 구매할 때처럼 원단도 가끔씩 실패할 수 있다는 것!

04 수틀 코스터 맛 믹스커피

누가 시키지 않아도
너무 잘하는 것이 있습니다.

부지런을 떨 수 있을 때는
핸드드립,

간단히 카페인이 필요할 때는
스틱커피,

입이 심심할 때의
달콤한 믹스커피 등

이건
먹는 거 아니야~

킁킁

가리지 않고 하루에
몇 잔씩 마시는 커피입니다.

그래서 몇 번씩
이 코스터들도 함께하지요.

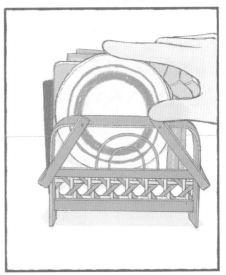

**오늘도
핸드메이드!**

물자국 없이 깨끗하게
차를 마실 수도 있고,

분위기도, 맛도 돋워주는 재간둥이로
종류도 다양합니다.

그물 모양 스티치로
마무리한 패브릭 코스터,

여기저기서 얻은
그래픽 마분지 코스터,

그리고 베틀로 만든
직조 코스터!

지난 겨울, 우연히 발견해
푹 빠져버린 미니 베틀은

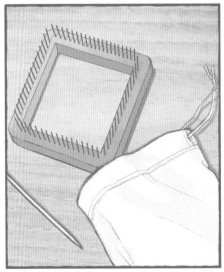

색색의 실로 손바닥만 한 원단을
직접 만들 수 있는 똘똘한 도구입니다.

뭔가를 만들기엔 애매하지만,
버리기는 아까운 나의 예쁜 실들을

가장 맵시 있게 만들어주는
고마운 친구이기도 해요.

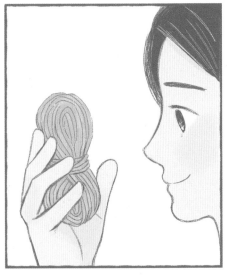

**오늘도
핸드메이드!**

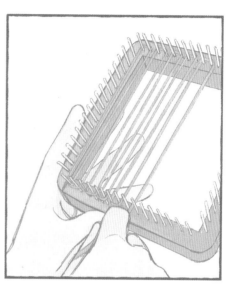

하늘색과 연보라,
밝은 노랑이
오묘하게 섞인

자투리 털실을 베틀에
잘 걸어주고

긴 바늘을 움직여
한 줄씩 면으로 채워갑니다.

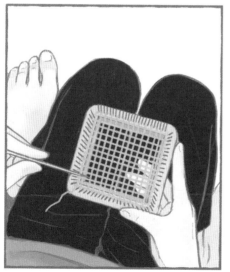

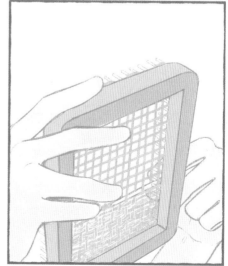

편한 자세로
씨실, 날실을 엮다 보면

신기하게도 금세 정사각형의
원단 조각이 만들어져요.

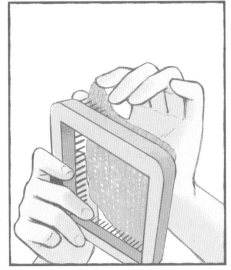

별거 아니지만,
나만의 꼬리표를 달아주면

하루 중 몇 안 되는
소중한 순간을 위한

오늘의 핸드메이드가
완성됩니다.

예를 들면
엄마와의

달달한
믹스커피 시간처럼요.

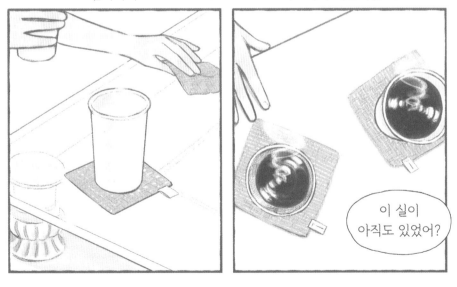

**오늘도
핸드메이드!**

작지만, 온전히 소중한
코스터입니다.

———————————————————Tip!———————————————————

손바닥만 한 코스터들은 직조뿐만 아니라, 재봉을 하거나, 자수를 연습할 겸 만들기에 좋은 아이템입니다. 혼자만의 티타임에도 간단하지만 코스터를 깔아주면 그 시간만큼은 스스로에게 제대로 마음을 쓰고 있다고 느껴집니다. 주변 분들에게 전할 편지나 우편이 있다면 봉투에 같이 넣어 선물하기에도 적절하지요.

47

05 지난날, 윤기를 주는 수선

이상합니다.

살 때는 고심해서 고른 것들이
시간이 흘렀다는 이유로

묘하게 입을 수 없는 것이
돼버렸습니다.

이건 색과 깃 모양이 마음에 들지만
소매가 너무 길고,

입어봐야지…

요새는 딱 맞는 밑단보단
조금 짧은 듯한 길이감이 더 좋아요.

엄마께서 비싸게 산 이 옷도
입은 날이 손에 꼽힙니다.

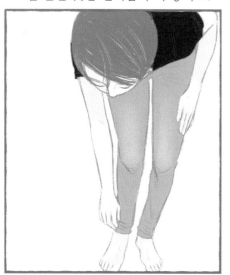

한때, 긴 치마에 빠져
비슷한 길이로만 서너 벌.

이럴 땐
재봉틀을 꺼냅니다.

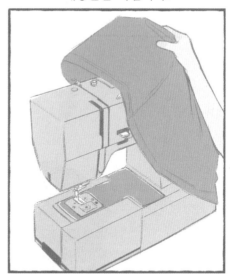

그사이 거리와 인터넷,
영화와 잡지를 접하며

머릿속에 차곡차곡 쌓아둔
예쁨들을 더해

조금씩의 아쉬움을 손봐줍니다.
오늘은 베이지색 리넨 치마를!

입은 채로 자를 만큼의 밑단을
핀으로 집어줍니다.

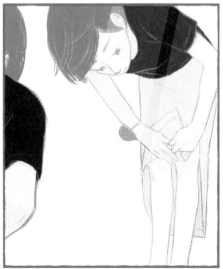

정강이께까지 오는
가을 치마로 고치려고 해요.

핀으로 집은 곳에 초크로
시접분을 더해 선을 그려주고,

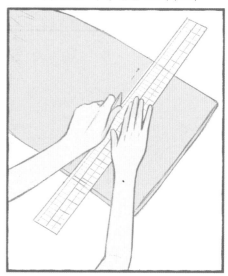

그려준 선을 따라 재단을 합니다.

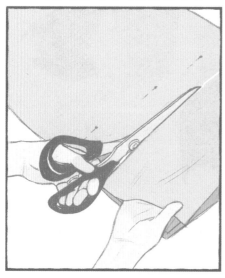

쉽고 튼튼한 마무리, 말아박기를 하려고요.
시접을 두 번 접어 핀으로 고정하고

일자로 천천히
페달을 밟습니다.

두두두두

실밥을 정리해주고,

깨끗하게 다림질을 합니다.

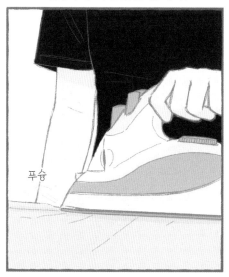

푸슝

이런 간단한 수선은
가족에게도 종종 도움이 됩니다.

수선이 잘 끝났습니다.
몇 해는 더 같이
보낼 수 있을 듯해요.

새로운 옷을 사는 것은
즐거운 일이지만,

처음 골랐을 때의
소중한 구석들을 찾아

**오늘도
핸드메이드!**

다시 한번 반질반질 윤을 내는
과정도 참 즐겁습니다.

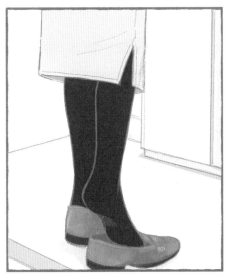

지난날의
선택이라도

나에게 의미가 없어지는
것은 아니니까요.

──────────Tip!──────────

재봉틀을 꺼내는 것은 70퍼센트가 수선할 때인 것 같습니다. 제 옷보다도 엄마, 아빠의 옷을 간단히 고쳐드리는 경우가 많아요. 비싸지 않더라도 가정용 재봉틀이 있으면 비교적 튼튼하게 옷이나 소품을 만들어 사용할 수 있답니다. 하지만 만화에 나온 정도의 간단한 수선은 세탁소에서도 가능하니 재봉틀 구입은 신중하게 고민해보세요.

06 사고플 땐, 실 제본 새 공책

과소비하는 것 중에 하나,

음…

갖고 싶다…

깨끗하고 예쁜 새 공책들.
아마도 중학교 때부터

새 공책들이 문구점을 가득 채우는 11월이면
새해의 다이어리를 골랐지요.

그러곤 하고픈 걸,
마구마구 적어 내려갔어요.

이거 귀엽다!

응응,
이것도.

이제는 키득대며 서로의 미래를
공유하는 일은 없어졌지만

질 좋은 흰 종이에 내일을
적는 일은 작은 습관이 되었습니다.

적는 만큼 살아낼 순 없지만,
쓰는 것 자체로 마음이 안정되곤 해요.

다만 공책을 남기는 경우가 많아
내게도, 지구에게도 이런 낭비가 또 없네요.

아이구,
또 백지가 있네.

그래서 이 아까운 자투리들로
새로운 공책을 만들려고 합니다!

크로키용으로 썼던 옆으로 긴 노트의
남은 종이를 자릅니다.

스윽-

자른 종이는 반으로 접고,

잠시 문진으로 받쳐
납작하게 만들어줍니다.

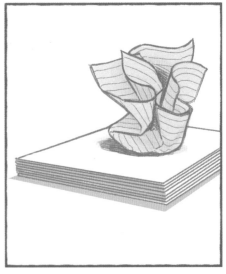

중심선에 송곳으로 간격을 맞춰 6개의
구멍을 뚫고 제본할 준비를 합니다.

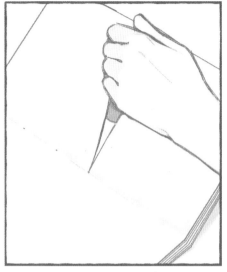

실을 10센티 정도 남기고
구멍의 앞뒤로 통과시킨 후,

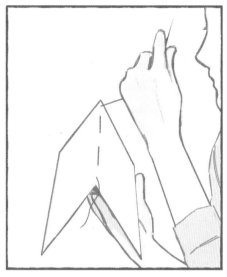

두 번째 장으로 바로 실을 통과시켜
겉으로 나온 실을 첫 장의 실과 엮어줍니다.

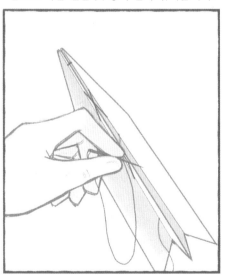

실을 팽팽하게 잘 당겨주면서 아까
남겨둔 10센티의 실과 매듭을 짓습니다.

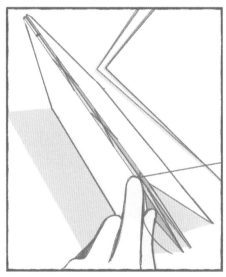

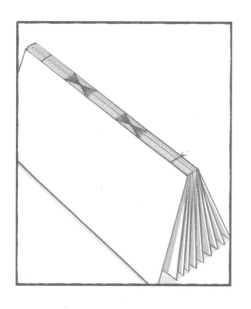

나머지 종이들도 반복해서
연결하면 속지가 완성됩니다.

겉지로는
몇 개월 동안 벽에 자리했던
전시회 포스터를 사용하려구요.

그냥 버리기엔 너무 고왔던
포스터를 자른 뒤,

풀을 잘 발라
겉지로 붙여줍니다.

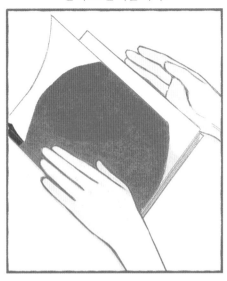

사고 싶은 마음을
이렇게 완성시켜봤어요.

두께감도, 촉감도
꽤 마음에 들어

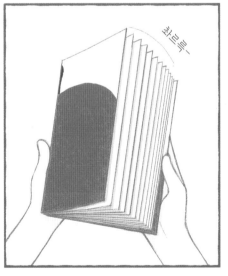

네, 이것도
괜찮은 것 같아요.

어딜 가든 항상
들고 다니게 되었습니다.

어디서도 말할 수 없는, 어쩌면
허황되다고 할 수도 있는 이야기를

꼼꼼하게 잘 들어주는
나의 실 제본 재활용 공책!

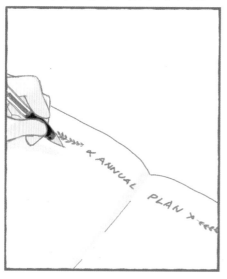

이번엔 남기지 않고
마지막 장까지 꾹꾹 눌러써 봅니다.

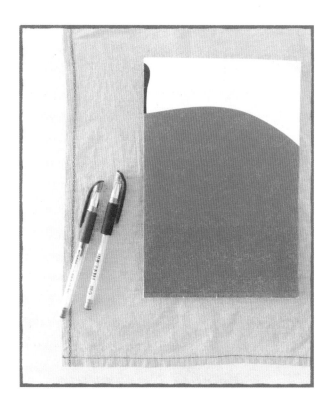

———————————————Tip!———————————————

손으로 하는 제본은 정말 매력적인 작업인 것 같습니다. '북 바인딩', '북 아트'라는 키워드로 검색해보면 그 다양함과 예
술성에 깜짝 놀랄 거예요. 책등 부분에 다양한 매듭 기법과 자수를 활용하기도 하고, 종이부터 만들어서 작업하는 분들
도 있습니다. 기본적으로는 종이와 칼, 자, 풀, 실처럼 간단한 재료만 있으면 되니 가볍게 시도해보세요.

07 마리안느의 첫 겨울옷

집에는 화분이 많은 편입니다.
모두 엄마의 식물들!

동물과 달리
조용한 이 친구들은

언제 무엇이 필요한지 알아채기 어려워
늘 대하기가 겁이 납니다.

그런데 올여름, 단지 앞에서
이파리가 큰 화분들을 팔기 시작했어요.

눈에 띈 예쁜 친구가 있었지만
자신이 없어서 그냥 지나치기를 몇 번.

햇볕이 정말 뜨거웠던 어느 날

집으로 데려오고 말았습니다.

이름도 예쁜 마리안느는
분갈이를 할 만큼 잘 적응해주었어요.

많이 파세요~

칙칙!

곧 다가올 겨울을 맞이해
마리안느에게 첫 선물을 주려고 합니다.

준비물은 대바늘과 면사!

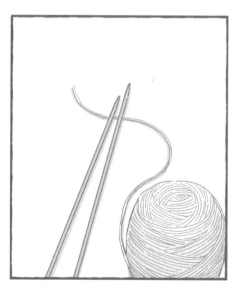

화분의 높이보다
살짝 여유 있게 코를 잡고

뜨개질을 시작해요.
대바느질 속도는 빠른 편입니다.

그로밋처럼 양손으로 뜨는 방식을
익혔거든요.

Image from 〈월레스와 그로밋〉

69

어른처럼 잎이 커도 귀여운 마리안느와 어울리는 방울 무늬를 떠주려고요.

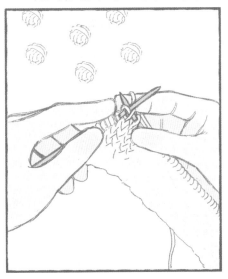

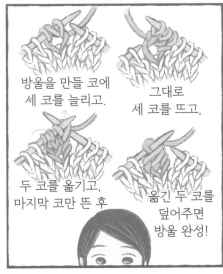

방울을 만들 코에
세 코를 늘리고.

그대로
세 코를 뜨고,

두 코를 옮기고,
마지막 코만 뜬 후

옮긴 두 코를
덮어주면
방울 완성!

한 코에서 잠시 멈춰
뭉치를 만든다고 이해하면 편합니다.

다섯 코 정도 간격으로
방울 무늬를 뜹니다.

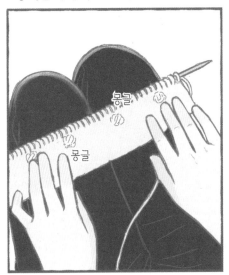

몽글

몽글

따각

따각

얇은 바늘끼리 부딪치는 소리와
서둘러 찾아오는 어스름,

듣고 또 들어도 질리지 않는 노래처럼
내가 사랑하는 시간들.

화분의 밑둘레만큼 떠졌으면

코마감을 하면서 사선으로 떠가요.
사이사이 단춧구멍도 만들어줍니다.

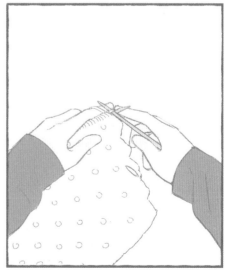

이제 위치에 맞춰
단추를 달아주면 끝!

커버를 입히고 단추를 잠급니다.

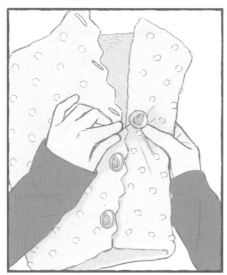

완성된 니트는 끝이 말리므로
다리지 않고
화분의 윗부분을 감싸도록 해요.

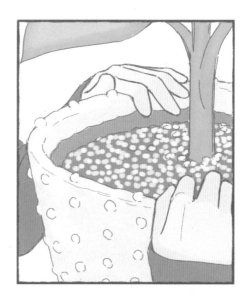

마치 스웨터를 입은 것 같아
웃음이 납니다.

추위에 약한 마리안느가
첫 겨울을 건강하게 나기를,

우리가 앞으로 몇 번의 겨울을
같이 보낼지 알 수 없지만

크릉크릉

너희도
건강해야 돼!

따따따딱

함께하는 날까지
서로를 고요히 바라볼 수 있기를
바랍니다.

─────────────── Tip! ───────────────

너무 교과서적인 말일 수도 있지만 어떤 방법을 익히는 최선은 될 때까지 반복하는 것입니다. 요즘은 한 단계, 한 단계 사진이나 영상으로 콘텐츠를 만들어 올리는 고마운 분들이 참 많습니다. 만화 속에서는 단계를 전부 설명할 수 없기 때문에 주로 기술의 제목을 넣습니다. 에피소드 속의 '방울뜨기'나 '콘티넨털뜨기'도 천천히 연습해보세요!

"마리안느의 첫 겨울옷"

너와 나, 우리의 겨울

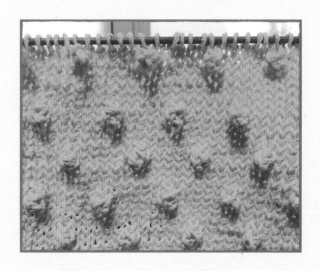

　많은 이들이 그렇듯이 저도 엄마 덕분에 보다 더 풍요로운 날들을 보낼 수 있었던 것 같습니다. 어머니들은 어떻게 모든 식물을 잘 키우는 걸까요? 어릴 때부터 베란다 창가에 있던 초록의 존재를 인식하게 된 것은 얼마 되지 않습니다. 자취를 하다가 집으로 돌아온 날, 삭막했던 자취방과 달리 집에는 뭔가 숨이 도는 느낌이 있었습니다. 눈이 가는 곳마다 있는 이파리들은 작지만 살아 있다는 기분을 선물해줍니다. 자신이 없어 미루다가 단지 앞에서 싱그러운 녹색의 마리안느를 보고 꼭 집에 데려오고 싶었어요. 이야기 속에서처럼 마리안느는 직접 키우는 첫 식물입니다. 손이 많이 가지 않아도 알아서 쑥쑥 잘 커주는 모습에 뭔가 해주고 싶었던 것 같아요. 만화를 본 분들은 화분을 감싸는 것이 크게 의미가 없다고 말하기도 했지만 나와 함께하는 첫 겨울이, 그리고 모든 겨울이 건강하기를 바랐습니다. 그리고 겨울옷을 볼 때마다 우리의 첫해를 떠올릴 수 있을 테지요. 이 작업을 하면서 문득 나의 첫 겨울이 궁금해졌습니다. 내가 모르는 처음은 엄마의 기억 속이나, 오래된 사진첩에 겨우 남아 있을 겁니다. 내가 기억하지 못하게 된 아까운 순간들이 또 얼마나 많을까요?

08 앤 셜리 풍의 손거울

내 기억 속 첫 만화영화는
「빨강머리 앤」입니다.

볼록한 화면을 통해서
만난 앤 셜리는

주근깨가 살포시 있는 볼,
떨림 가득한 목소리로

우리의 친구 ♪

당차게 자기의 생각을 내뱉던
귀여운 소녀였지요.

앤과의 만남은
유년시절에 씨앗처럼 흩뿌려져

오늘의 나를 구성하는
여러 부분으로 자라났습니다.

아마도 그녀는
나 말고도 많은 이의
친구였겠죠?

앤과 다이애나가
숲 속의 비밀 장소에 앉아

이 빠진 식기로 꾸민 다과상에서
초콜릿 캐러멜을 나눠 먹는 장면은

**오늘도
핸드메이드!**

지금까지도 가장 좋아하는
우정의 시작입니다.

맛있는 음식과 비밀, 적당한 예절은
나의 우정에도 중요한 요소가 되었지요.

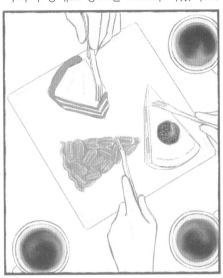

앤의 흔적은
작업에서도 종종 발견됩니다.
오늘의 손거울처럼!

부자재 시장을 구경하다
꼭 앤의 다락방에 있을 듯한

조밀한 격자무늬의
손거울 프레임을 발견했어요.

청색과 남색이 오묘하게 섞인
얇은 크레이프 원단을 잘라

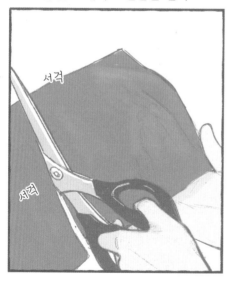

서걱

서걱

자수틀에 끼웁니다.

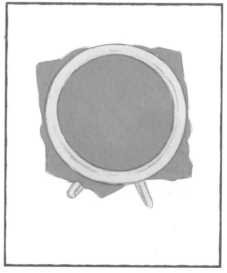

초복 지붕 집과 어울리는
리스를 수놓아줄 거예요.

연두 실로 머리에 이파리 두 장을,
초록 실로는 줄기를 만듭니다.

불리온 스티치

페더 스티치

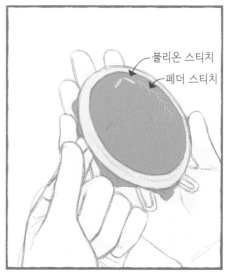

짙은 올리브색으로 아래쪽에
무게감을 맞춰 이파리들을 놓아준 뒤

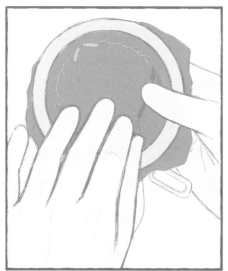

앤을 떠올리면 빼놓을 수 없는
잘고 풍성한 꽃들을 심어주지요.

청푸른 원단과 잘 어울리는
작은 리스가 만들어졌습니다.

손거울의 뚜껑에 얹어
실로 꿰매고 팽팽히 당겨 고정해요.

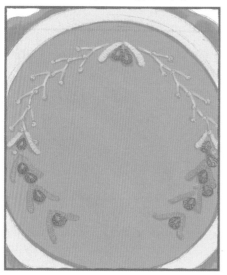

수예용 본드를
프레임에 넉넉히 뿌려주고

조심스럽게 뚜껑을 얹어
문진으로 눌러줍니다.

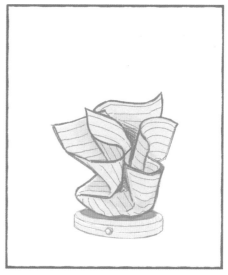

이제 마를 때까지 충분히
기다리면 완성됩니다.

유치했지만 순수함이 전부이던
그때만의 우정.

어른이 되고 보니 더 소중한
어린 시절의 나에게

선물하고 싶은 앤 셜리 풍의 손거울!

──────────── Tip! ────────────

유럽 대륙에서 시작된 레이스처럼 보이는 다양한 자수 기법을 흔히 '프랑스 자수'라고 부릅니다. 프랑스만의 것은 아니기 때문에 '서양 자수'라고 하는 편이 정확하다고 합니다. 유럽에 전해지는 자수 기법은 300가지나 되지만 몇 개만 잘 배워놓으면 다양하게 응용할 수 있습니다. '앤 셜리 풍의 손거울' 도안도 책 끝에 실어두었답니다.

⓿9 쪼코를 닮은 쪼코 인형

그가 겪은 두 번의 나쁜 운이
우리 가족을 만나게 해주었지요.

유독 책상 앞에서 작업할 때면
코로 팔꿈치를 치면서

툭툭

사랑스럽기 그지없는
표정으로 올려다봅니다.

방해가 되지만
안아줄 수밖에 없답니다.

의자에 앉은 사람을,
특히 엄마의 무릎 위를 참 좋아해요.

열네 살이나 많은 형을 질투하면서도
항상 붙어 있고

'산책'이란 말을
기가 막히게 알아듣는 쪼코!

그를 잔뜩 닮은
작은 친구를 만들고 싶어졌습니다.

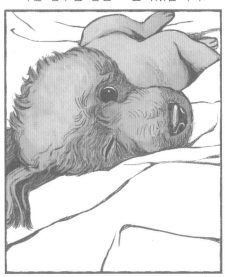

점점 흰 털이 같이 자라는 쪼코처럼
바랜 듯한 갈색 부클레사를 찾았습니다.

작은 고리들로 이루어진 부클레사는
부드러운 털을 표현하기에 딱 알맞습니다.

메에~

먼저 공예용 와이어로
작은 쪼코의 틀을 잡습니다.

뒷발부터 코바느질을 시작해요.

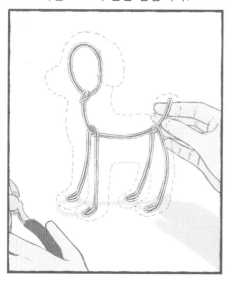

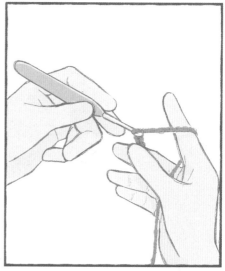

똑같은 모양이 서로 연결되므로 콧수를 적어가며 뜹니다.
앞다리까지 이어 뜨면 옆면이 완성돼요. 한 장 더 만듭니다.

흥

복슬복슬한 머리통은
타원형으로 뜨고,

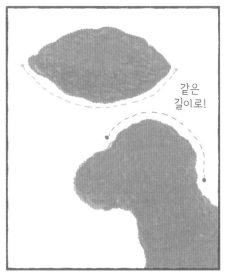

같은
길이로!

배는 길쭉한 타원에
다리 네 개를 붙여 떠요.

같은
길이로!

꼬리와 귀까지 마무리되면
부분 부분을 이어줍니다.

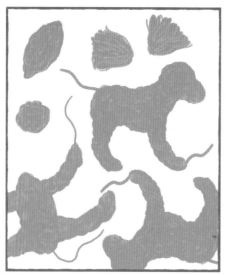

솜을 넣을 곳만 빼고 모두 연결한 뒤,
와이어를 넣습니다.

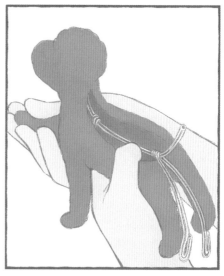

이 상태에서 동그란 눈과 코를
끼워줍니다.

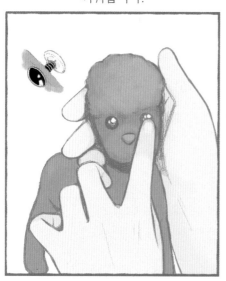

졸릴 때만 보여주는
착한 표정으로 말이에요.

하트 모양의 엉덩이를 닮도록

볼륨을 살려
솜을 넣어줍니다.

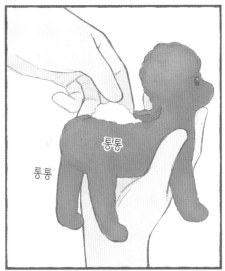

통통

통통

창구멍을 메워준 뒤,

귀와 꼬리를
붙여주면 끝!

마지막으로 이름을 수놓은
작은 목걸이를 걸어줍니다.

큰 쪼코는 작은 쪼코가
맘에 드는 모양입니다.

쪼코!
이거 누구야?

?

정말 보고 싶던
장면이었어요.

으~

만난 순간부터 쭉 사이좋은
쪼코와 쪼코입니다.

Tip!

동물 인형을 만들게 된 것은 '오오마치 마키' 님의 저서를 읽고부터입니다. 책 속에 나오는 인형들을 전부 한 번씩 만들고
나니 그다음부턴 제 마음대로 원하는 동물을 코바늘로 짤 수 있게 되었습니다. 원형으로 짜 올리는 코바늘 인형과 달리
동물의 윗면, 옆면, 아랫면을 나눠 짠 뒤, 조립하는 방식으로 합치면 훨씬 생동감 있는 동물이 완성되지요.

"쪼코를 닮은 쪼코 인형"
하나밖에 없는 작은 친구

우리 집엔 두 마리의 반려동물이 함께 살고 있습니다. 만화적인 재미 부분만 본다면 좀처럼 찾기 힘든 『오늘도 핸드메이드!』에서 귀여움을 맡아주고 있는 동이와 쪼코입니다. 동이는 내가 초등학생일 때부터, 쪼코는 5년 전쯤 가족이 되었습니다. 반려동물과 닮은 인형을 만드는 것은 핸드메이드 작가로 일하면서 조금씩 해오던 일이었습니다. 그 시작이 바로 쪼코를 닮은 '쪼코'였 지요. 큰 의미보다는 정말 쪼코를 닮은 작은 친구를 만들고 싶다는 마음에서 시작한 작업이었 습니다. 생각보다 근사하게 완성되었고, 보면 볼수록 기분이 좋아 이런 인형을 원하는 사람들도 있을 것이라고 생각해 주문을 받게 되었습니다. 귀여운 친구들을 많이 만들 수 있었지만 작업 은 생각보다 즐겁지 않았습니다. 이제는 볼 수 없는 친구들을 만들어달라는 요청이 주가 되었기 때문입니다. 사진을 보내주며 무지개다리를 건너버린 아이들의 사연을 말해주는 이들의 마음은 따뜻했지만 그만큼의 슬픔도 전해져왔습니다. 사실 동이의 인형을 만들지 못하는 이유도 이것 입니다. 그리고 노견과 함께 살고 있는 나도 곧 겪을 과정이었습니다. 세상에 딱 하나밖에 없기 때문에 핸드메이드라는 작업은 정말 많은 이야기를 담게 된다고 생각했던 날들이었습니다.

⑩ 추억 자투리의 무릎담요

털실 칸이 가득 차버렸습니다.

끼익—

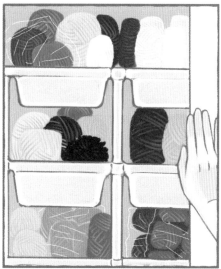

저마다의 사연이 있어
버리지 못하거나,

예쁨이 아까워 모아둔
나의 더미들.

부스럭
부스럭

실이야,
실.

간식?   간식?

이것도
참 예뻤는데…

액세서리 수업 때 샀던
군청색 실크실

한창 모자를 뜨고 남은
감색 깃털실

코바늘로 처음 완성한
원피스의 레이스실

졸업 작품 때 썼던
회색빛 혼합실

북극곰이 되고 남은
그레이X화이트 울실

할머니께서 주셨던
은빛의 모헤어실 등

평소 좋아하던 파랑과 회색의
털실 뭉치들이 쌓여 있었네요.

이런저런 자잘한
추억들을 정리할 겸,

책에서 본 뒤, 벼르고 있던
블록 무늬 담요를 만들기로 했습니다.

두 가지 이상의 실로 무늬를 내는 것을
'배색 뜨기'라고 하지요.

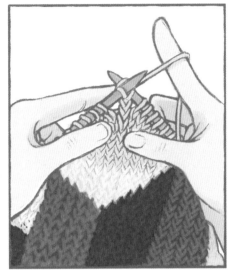

방법은 뜨던 부분에서 잠시 쉬고,
다음 실을 집어서

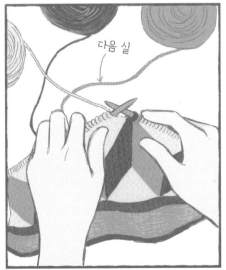

다음 실

그 자리를 마저 뜨고,
다시 원래의 실로 떠주는 식입니다.

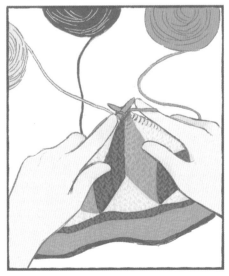

오늘도
핸드메이드!

뒷면을 보면 쉬었던
실들이 늘어져 있어요.

무늬가 있는 양말을
뒤집었을 때처럼요.

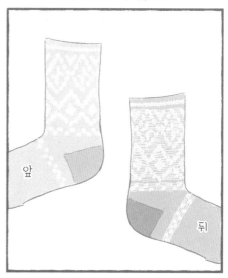

앞

뒤

비교적 큰 사이즈의 작업은
단시간에 완성하기 쉽지 않지만

으구그그그~

정성만큼 착실히 더해지는
무게감이 참 좋습니다.

서로 엉키지 않도록
차분하게 뜨다 보면

추억 뭉치들이 어느새
예쁜 무늬로 나타납니다.

틈틈이 새로운 추억의
조각도 더해지지요.

쉬었다
할까?

뒷면이 보이지 않도록
부드러운 감색 원단을 잘라

안감으로 덧대어줍니다.

드디어 추억 자투리의
무릎담요가 완성됐어요!

잠 안 오는 밤,

고심해서 고른
한 권의 책을 펼치며

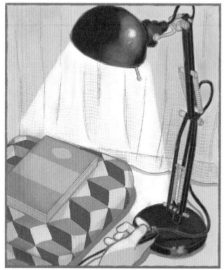

무릎 위를 덮기엔 딱!

손끝에 만져지는 추억은

참 포근한 느낌입니다.

———————Tip!———————

이 무릎담요를 뜨면서 참고한 책은 송영예 선생님의 『손뜨개 인테리어 소품』입니다. 송영예 선생님의 니트 저서는 대학 때부터 교재처럼 보곤 했습니다. 저는 주로 머릿속에 있는 것을 도안 없이 손 가는 대로 작업하는 편이라 독자분들이 요청하시면 정리하여 설명하기 어려울 때가 많았는데, 혹시 집에서 뜨개질을 배워보고 싶으신 분들께 좋은 교재가 될 수 있을 겁니다.

"추억 자투리의 무릎담요"

나만의 소중한 자투리

자투리 털실로 만든 무릎담요는 좋아하는 작가의 책에서 갖고 싶던 담요를 보고 따라 만든 것입니다. 책 속의 재료도 없고, 크기도 맞지 않았지만 옷장 속에 보관하고 있던 보석 같은 실들을 엮어 완성한 담요는 잘 때나, 쉴 때나 가리지 않고 사용하고 있습니다. 많은 분들이 책으로 정보를 접하고 시작하지만 처음부터 완벽한 준비를 갖추고 시작해야 한다는 부담감이 있기에 쉽게 다가가지 못합니다. 도안에 나오는 몇 번의 실, 몇 호의 바늘, 정확한 순서! 이런 것들이 없으면 실패할 것이란 생각은 걱정일 뿐입니다. 제 만화 속에 나온 모든 작업들 중에 어떤 도안을 완벽히 따라 만든 것은 없습니다. 방법을 익히고 내 손 가는 대로, 어떨 땐 완전히 나의 머릿속 대로. 어설프고 기준과 달라도, 우선 시작하면 새로운 것이 만들어집니다. 다른 이의 작업을 보는 일이 즐거운 이유는 나와는 다른 면을 찾을 수 있기 때문이겠죠. 누군가를 위한 것이 아니라 나를 위한 것이니 부담은 버리고 부지런히 손을 움직이면 무척이나 소중한 스스로의 이야기가 손끝에 만져지게 됩니다.

⑪ 어른이 된 도장 케이스

먹고, 그리고,
만들면서

아뜨뜨

분주히 하루하루를 보내다 보니
벌써 끝 달이 되었습니다.

몇 칸만 더 채우면
새 나이를 맞이하는 이 시기엔
항상 궁금합니다.

언제부터
어른이 된 걸까요?

뭐든 어설픈 느낌이었던
나의 새내기 시절엔

다녀왔어~

흥흥흥

킁킁킁

챱챱

챱챱

정말 어른처럼 보이던
언니가 한 명 있었습니다.

자기에게 꼭 맞는 차림새에
언제나 여유 있어 보이던 사람.

그 언니보다 언니가 된 지금,
나는 얼마만큼 성장했을까요?

다만 이런 나도 꼭
어른이 돼야 하는 순간이 있지요.

바로 도장을
찍을 때입니다.

내 선택에 책임을 진다는 약속,
도장 찍기.

그동안 덜렁 보관하던 도장을 위해
못 입는 가죽재킷으로 케이스를 만들 거예요.

원단을 손바닥 두 개만 한 크기로 자릅니다.
가죽의 부들한 면을 겉으로 사용하려고요.

**오늘도
핸드메이드!**

똑딱이 프레임을 맞춰
안쪽 면에 송곳으로 형태를 그리고

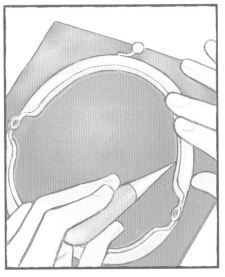

사시코 자수를 놓기 위해
격자로 밑칸을 그어줍니다.

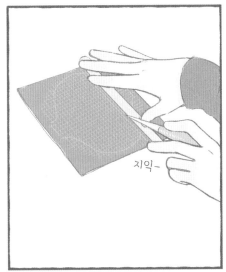

지익―

일본 전통 누빔 기법인 사시코 자수는
기하학적인 패턴이라 유행 없이 멋져요.

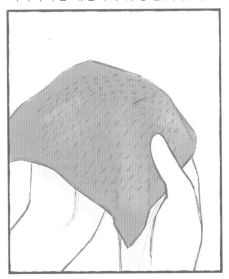

처음엔 뭔가 빈 듯하지만 가로, 세로,
대각선 순서대로 수를 놓다 보면

어느새 나름의 형태로 완성됩니다.

나를 책임졌던 순간들이
하나둘 모여
어른이 돼가는 것처럼.

자수가 완성되면
시접분을 더해 안감과 함께
프레임 모양으로 자르고

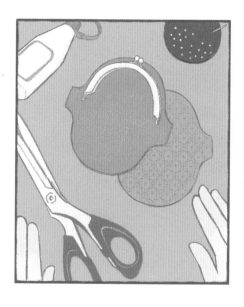

두 장 다 겉면이 오도록
마주보게 하여 꿰맵니다.

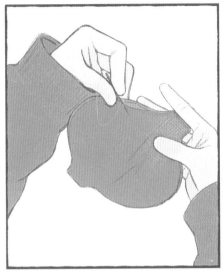

프레임 안쪽에
수예용 본드를 뿌리고

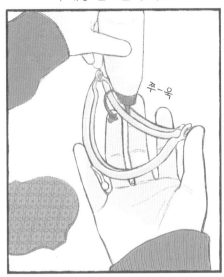

쭈—욱

틀 사이로 몸판 끄트머리를
조심히 끼워 넣어요.

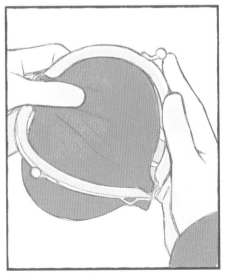

원단이 틀보다 많이 얇으면
종이실을 잘라 사이를 메워줍니다.

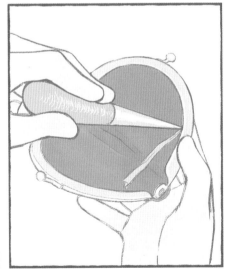

마지막, 펜치로 살짝살짝 눌러
원단이 빠지지 않도록 고정해요.

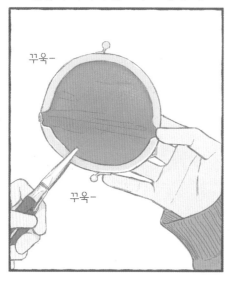

가까이 있기에
좀처럼 보기 어렵지만

잘 찾아 모으다 보면 나타나는
나만의 형태가 있습니다.

왠지 웃기는 생김새가
어른스럽지 않은 것 같아도

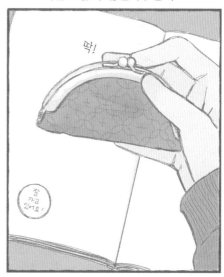

세상엔 백만 가지의
어른스러움이 있으니까요.

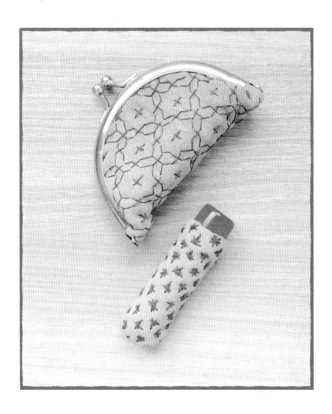

———————Tip!———————

서양 자수만큼 동양의 자수법도 무척 아름답습니다. 이 편에서는 일본의 전통 누빔 자수 기법인 '사시코 자수'에 대해 가볍게 언급했는데, 기본적인 홈질로 패턴을 반복해 세련되고 차분한 느낌을 내는 방법이지요. 간격을 맞춰 원단 위에 격자를 긋고, 바늘로 칸칸이 무늬를 놓다 보면 묘하게 마음의 동요도 가라앉는 신기한 자수입니다.

12 연습의 바탕, 생활계획표

실은
연습하는 것을 좋아하지 않습니다.

요령을 피워 한 번에 성공하거나

오!

바로 결과를 보고 싶어하는
성급한 타입이지요.

준비 없이 시작하다 보니

더 잦은
실패를 경험하고,

그중 괜찮은 것들을 짚어가는 방식으로
삶을 살아내고 있습니다.

가장 좋아하면서도 가장 아까운 시간은
계획을 짜는 시간이에요.

내가 바뀌기보단 계획을 더 고치는
비효율적인 효율성을 지켜왔지만

이번만큼은 그동안의 시행착오를
반영해 제대로 만들어볼 거예요.

**오늘도
핸드메이드!**

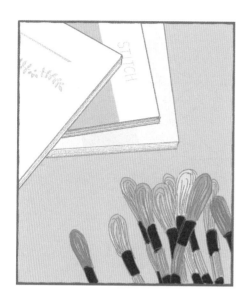

연습해보고 싶었던 다양한
자수 스티치들과 함께 말이죠!

우선 택배박스를 잘라
프레임을 만들고,

바늘땀과 본드로 고정해서
리넨으로 커버를 씌웁니다.

구성은

일일
계획표와

할일
목록들,

그리고
주간 일정표.

먼저 초록색의 자투리 털실로
테두리와 칸을 구분해줍니다.

더블페더 스티치

헤링본 스티치

체인 스티치

회색 실로 하루를 나눌
동그라미를 놓고

카우칭 스티치

한 땀씩 일주일을 나누어줍니다.

러닝 스티치

겨자색 면실로
글씨와 요일을 쓰고요.

체인 스티치

너무 무리하지 않는 선에서
꼭 지키고 싶은 일상을 수놓습니다.

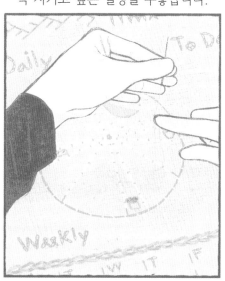

계획을 습관으로 만들긴 어렵지만,
바라는 모습을 여러 번 시도하다 보면

으그그

어떤 모습은 언제부턴가
내 삶의 부분이 되기도 합니다.

손이 빌 때마다 적었던
이상적인 하루와 한 주.

움직이는 일정은
브로치틀 위에 수놓아 꽂고

고정된 일정은
원단에 직접 수를 놓았습니다.

오늘도
핸드메이드!

매일 해야 하는 일들도
색깔별로 브로치를 만들고,

손으로 쓴 자잘한 목록도
옷핀으로 꽂습니다.

나의 삶과 정교하게 짜맞춘
생활계획표가 완성됐어요.

시간이라는 재료를 소중히, 그리고 온전히
쓰고 싶은 바람을 잔뜩 담았습니다.

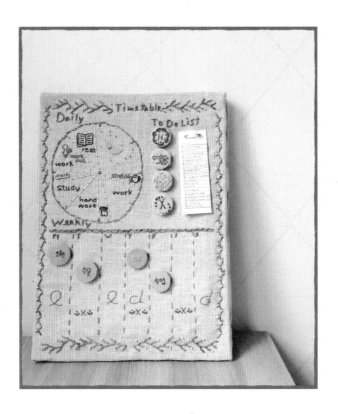

―――――――・――――Tip!――――・―――――――

계획표를 실천하는 것보다 계획을 세우는 것 자체를 참 좋아합니다. 하루나 일주일의 계획표도 좋지만, 실제로 도움이
된 건 야구 선수 '오타니 쇼헤이'의 목표 달성표로 잘 알려진 '만다라트 기법'입니다. 확실한 하나의 큰 목표를 세우고, 그
목표를 이루는 데 필요한 8가지 목표를 설정한 다음, 그 8가지 목표를 다시 8개로 세부화하는 방법이지요. 계획표를 짜
는 데 시간이 오래 걸리지만 삶을 대하는 구체적인 항목들을 진심으로 고민할 수 있는 기회가 된답니다.

"연습의 바탕, 생활계획표"
계획과 일상의 균형

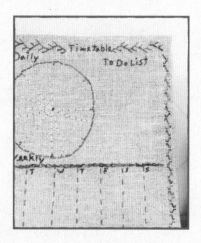

만화 속에서도 자주 보이듯, 저는 계획 짜는 것을 사랑하는 계획 중독자입니다. 어릴 때부터 무슨 일을 하기 전엔 달별로, 요일별로, 시간별로 나눠 계획을 짰지요. 실제로는 전혀 지키지 못할 때도 있었지만 왠지 계획을 만드는 그 순간을 몹시 좋아했습니다. 그리고 아직도 그렇게 살고 있습니다. 중간쯤엔 왜 이런 시간 낭비를 하는 걸까 고민도 해봤지만 시나브로 계획과 일상의 균형을 맞춰가게 되더라고요. 그리고 몇 년 전 써놓은 계획표를 오랜만에 꺼내 보면 신기하게도 그중 몇 가지는 이루어져 있어요. 정말 가능성이 낮은 꿈이었는데도 어딘가에 적어놓은 대로 움직이고 있었던 모양입니다. 아직까지 전혀 이루지 못한 리스트들도 한 다발이지만요. 결론은 앞으로도 이렇게 쓸데없이 계획 짜는 일을 멈출 생각이 없다는 것입니다. 다만 자주 쓰고 버려지는 종이가 아까워서 이렇게 패브릭 생활계획표를 만들기로 했습니다. 스스로의 완성된 모습을 볼 수 없겠지만, 한 코, 한 코 켜켜이 쌓여 만들어지는 이것은 인생과 비슷하다고 생각해요. 머릿속의 완벽한 모습을 걷어내고, 꾸밈이 없어도 괜찮지 않을까요? 매일을 충실히 살아낸다면.

⑬ 따끈따끈 크리스마스카드

손편지,

이 말에서는
묘한 온기가 느껴집니다.

따끈따끈하고
부드럽고
쑥스럽고
몽글몽글한 온기.

하루가 너무 빠르게 흘러가는
요즘은 자주 쓰기 어렵게 됐지만

추워.

다행히 손편지가 참 어울리는 날이 있지요.
바로 크리스마스!

와…

한 해 동안 못했던 이야기를
전할 카드를 보내야겠습니다.

문구점에서 두께감이 있는
초록 색지와 흰 종이를 사고

스스슥

너무 크지 않게
겉지를 자릅니다.

종이를 자를 땐,
고무판을 대주면 좋아요.

스윽

겉지보다 약간 작은 사이즈로
속지도 잘라줍니다.

작은 크리스마스트리를 만들 거예요.

4등분으로
살짝
자국을 낸 뒤,

지그재그로
접어줍니다.

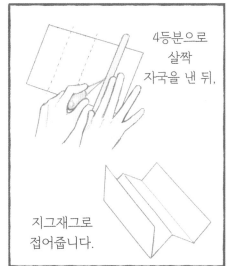

가운데에 대칭으로
사선 자국을 내주고,

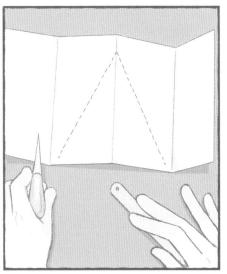

사선 안쪽으로
가로 칼집을 냅니다.

반을 접은 상태로
나무의 별을 잘라주고,

나무의 가로줄을 한 칸씩 띄어가며
반대쪽으로 집어넣어 접습니다.

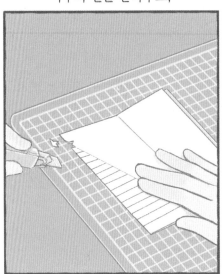

이제 양쪽 끝 뒷면에 풀을 발라
겉지에 붙입니다.

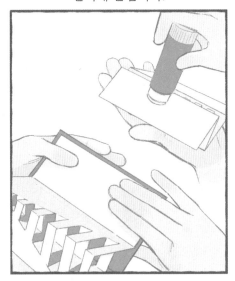

말린 후 펼치면, 간단해도
귀여운 크리스마스트리가 생겼네요!

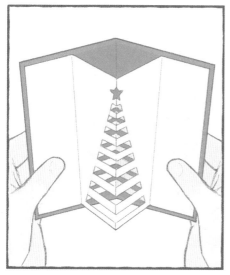

표지에 물감으로 리스를 달아주고,

안쪽 면에도 나무줄기를 그리면
카드가 완성됩니다.

보낼 만큼 여러 개를
만들어줍니다.

늘 응원해주시는
부모님께,

흠흠

모자란 날 이해해주는
친구들에게,

여러 기회로 이끌어준
고마운 분께,

그리고

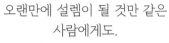
오랜만에 설렘이 될 것만 같은
사람에게도.

응?

띵똥

따다따닥
딱… 딱…

크리스마스의 들뜸에 가려
내 마음이 너무 무겁지 않도록

한 글자, 한 글자를
카드에 담았습니다.

131

모두들 메리 크리스마스!

─────●───────────Tip!───────────●─────

연말연시에 카드를 돌리는 문화는 우리나라보다는 서양의 문화죠. 어릴 때는 친구들과 펜팔이며 편지며 손으로 우정을
나누는 것이 유행이었습니다. 그래도 수제 카드를 직접 만들어보고 싶으시다면, '핀터레스트'라는 앱을 한번 둘러보세요.
전 세계의 사랑스러운 카드와 아이디어 들이 넘치도록 전시되어 있답니다.

⑭ 마음 충전 케이블 리폼

새해가 되었습니다.

상큼하다 못해 시큼한 기분으로
올해의 첫 스트레칭을 시작하는데

차악

차악

꾸욱

웬일인지, 시원해지지 않고
해묵은 것들이 하나둘 떠오릅니다.

제대로 맺고 끊지 못해
진이 빠지도록 끌려다니던 나.

함부로 내 삶을 찔러보던 이를
웃어넘겨버린 나.

몇 소중한 인연을
흩어버리고 만 나까지.

지우개로 지워도 보고,

벅벅벅

수정액으로
덮어도 보고,

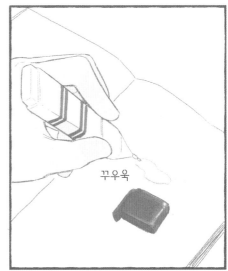

꾸우욱

쓰레기통에 넣어 삭제도 해봤지만

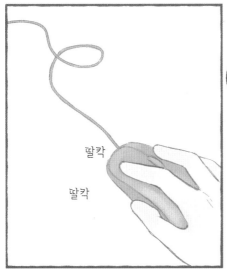

딸칵

딸칵

그런 기억은 자꾸만 선명해져
너덜너덜해진 마음만 남은 것 같습니다.

처량 맞기는…

작년 동안 수고해준
충전 케이블과
다르지 않네요.

이런저런 잡념이 들 땐
단순노동이 최고지요!

충전 케이블을 고쳐줘야겠어요.
톡톡한 실과 접착제를 준비합니다.

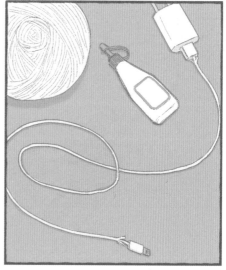

케이블 전체를 감쌀 예정이라
세 배 정도 넉넉하게 풀어

양쪽 끝을 둘둘 감은 상태로
시작합니다.

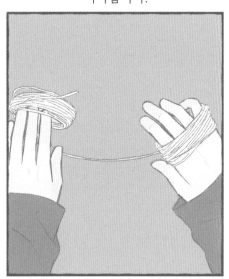

우선 테이프로
케이블을 고정해줍니다.

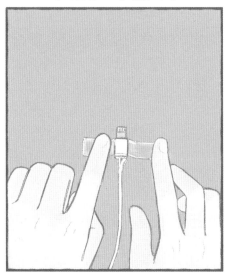

한쪽 끈은 케이블 선 아래로
한쪽 끈은 케이블 선 위로 놓습니다.

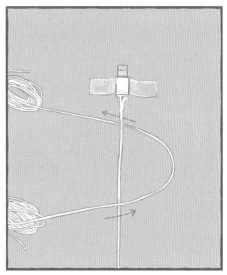

아래쪽 끈을
위쪽 끈 위로 올려

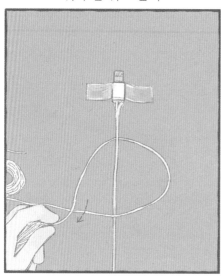

끈과 케이블 아래로 통과시켜
다시 바깥으로 빼냅니다.

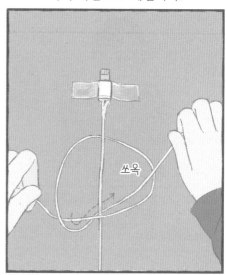

위치에 맞춰
매듭을 꽉 지어줘요.

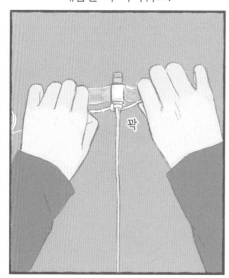

이번엔 반대로 한 번 더 꽉.

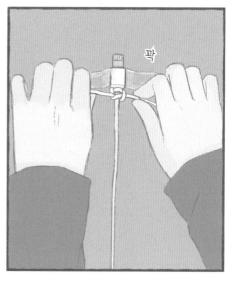

이렇게 케이블을 다 감쌀 때까지
반복해주면 됩니다.

손에 만져지지 않는
마음을 직접 고칠 수 없으니

마치 마음인 것처럼
한 칸씩 정성을
들여갑니다.

차 한 잔, 공감 가는 가사와 함께
손을 움직이다 보면

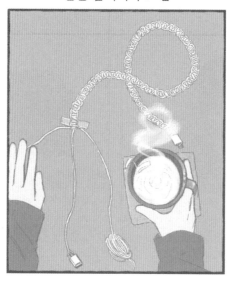

케이블이 매듭으로 튼튼히 감싸집니다.
본드로 마감을 해요.

아예 새것처럼 변할 수는 없지만
그래도 나름의 모습으로,

어찌 보면 더 마음이 가는 모습으로
새해의 케이블 완성!

─────────────Tip!─────────────

이 편에서 독자분들이 많은 걱정을 해주셨는데, 매듭 작업 전에 충전 단자 부분을 절연테이프로 한 번 감싸주고 시작해야 안전하다고 합니다. 중요한 과정을 그리는 걸 잊어버리고 말았습니다. 저 충전기는 이미 너무 오래 사용해서 연말쯤에 결국 고장나고 말았어요. 새로 장만한 충전기엔 처음부터 매듭을 덧대어 튼튼히 사용합니다.

15 어느 날의 베이킹소다 활용기

신경쓰이는 날을 앞두고는
괜스레 마음이 분주해집니다.

일도 손에 잘 잡히지 않고
계속 핸드폰만 보게 되고요.

앗, 이번 주네.

그날 입을 옷을 꺼내봅니다.

뒤적
뒤적

한 번

흠…

두 번

이거?

이걸로 결정!

그르릉

그런데 뭔지 모를
얼룩이 묻었습니다.

앗!

이럴 땐 베이킹소다로
간단한 세제를 만들어 사용합니다.

소다와 주방세제를 2 : 1로 섞고
걸쭉한 상태가 될 때까지 저어요.

푸슉

휙

휙

얼룩이 있는 곳에
두툼하게 얹어서 잠시 뒀다가

빨면 흔적 없이
깨끗해집니다.

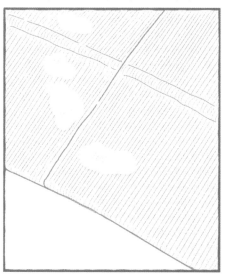

첨벙

첨벙

그리고 이 부츠! 올겨울 처음 꺼낸 터라
탈취가 필요합니다.

물 한 컵에
소다를 작은술 한 술 정도 섞어서

라벤더 오일
1~2방울!

200ml

4g

신발 속에 뿌려줍니다.
머플러에도!

바람에 잘 말려둔 머플러는
냄새도, 촉감도 보송보송.

칙칙

옷하고 신발은 됐는데
피부가 까칠합니다.

천연 성분인 베이킹소다는
연마 작용이 있어 각질 제거에도 좋아요.

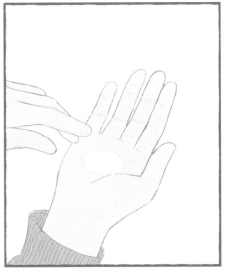

깨끗한 물과 소다를 1 : 4로 섞습니다.
민감한 피부엔 조금만, 소다는 식용으로!

세안 후, 살살 문질러줍니다.
자극이 갈 수 있으니 정말로 살살!

남은 양으론 다른 부분도
마사지를 해주어요.

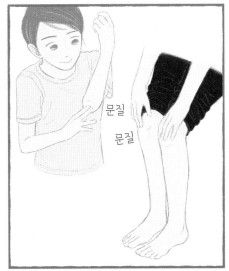

문질

문질

이제 마음을
가다듬고 자야겠어요.

약속은 예전 회사 동기들과의
모임입니다.

분주한 인사와
떠들썩한 기운.

이윽고
그 사람과 눈이 마주쳤습니다.

끄덕 하고
가벼운 눈인사뿐이었는데

아마 저녁 내내 그쪽으로
고개를 들지 못할 것 같습니다.

그런데

옆자리.

잘 지냈어?

정말 여러모로
준비하길 참 다행이에요!

──────────────── Tip! ────────────────

베이킹소다는 중조, 탄산수소나트륨이라고도 불리며 광산이나 바다에 있는 천연 물질입니다. 천연 베이킹소다는 광산에서 돌을 채굴해 정제하여 만들며, 사람의 몸속에도 포함돼 있어 안심하고 사용할 수 있습니다. 연마, 중화, 흡습, 제취, 발포, 연수화 작용 등 일당백을 하는 베이킹소다를 잘 활용하면 생활 속 오염 지수를 조금 더 낮출 수 있겠지요!

⑯ 초심 에코백!

가볍고, 튼튼하고,
쓰레기도 줄여주는 에코백.

봉투
없어도 돼요.

이 단어를 알게 된 것은
스무 살즈음.

귀여운 디자인을
보면 사기도 하고,

받기도 하면서 여러 개의
에코백을 갖게 되었습니다.

사은품이에요~

하지만 언제부턴가 '에코'란
이름이 붙은 이 물건이

경쟁적으로 만들어지고,
또 버려지는 것을 보면서

결국은 또 다른 쓰레기가 된다는
사실을 알게 되었지요.

그때부터의 다짐 하나.
하나가 망가질 때까진 새것 사지 않기!

계속 써오던 에코백은 대학 때
프로젝트를 하고 받았던 것입니다.

이제는 너덜너덜 구멍까지 뚫려
더 이상 사용이 어려울 것 같네요.

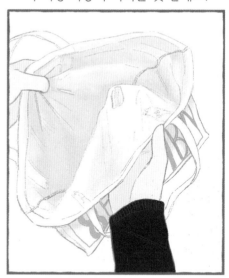

드디어 새 에코백을
만들 수 있겠어요!

우선 원하는 사이즈로
광목을 넓게 잘라 준비해요.

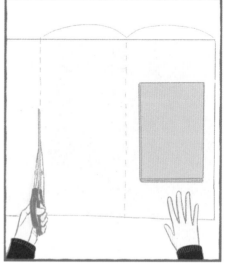

**오늘도
핸드메이드!**

중간에 포인트로
빨간 격자무늬를
넣어주려고요.

연필 초크로 적당한
간격의 칸을 그립니다.

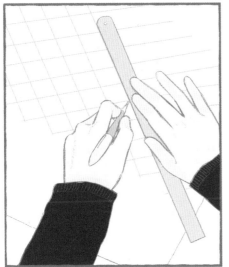

도톰한 실을 꿰어 한 줄씩
선을 따라 바늘을 움직입니다.

홈질

홈질

서로 연결될 부분이
자연스럽도록 수를 놓아요.

무늬가
마무리되면

응응,
이제 자수
다했어요.

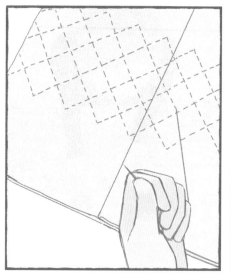

반을 접어 기역자로
안쪽 면에서 박음질을 한 뒤,

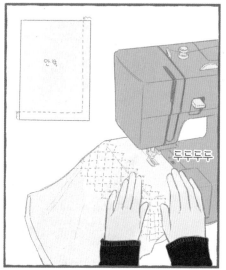

밑면이 생기도록 양쪽 끝을
삼각형으로 접어 박습니다.

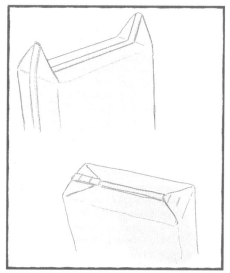

이제 남은 광목으로
가방끈을 만들어

몸판에 붙여주면
완성됩니다.

처음의 의미와 달라져버린
수많은 에코백처럼

나 역시도 가려던 길과
많이 어긋나 있는 것을 발견하지요.

현실을 핑계 삼아 외면해도
찾아보면 그 자리에 있는 초심.

'에코'란 단어와 어울리도록
사용할 나의 에코백처럼

나의 초심도 오랫동안 아끼고
사랑하는 사람이 되기를!

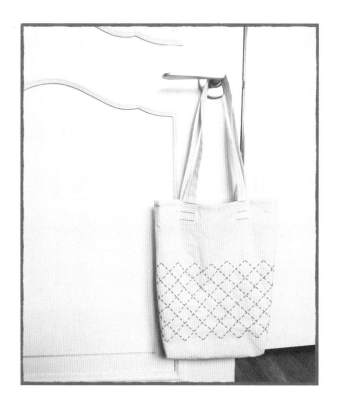

————————————————————— Tip! —————————————————————

본문에선 무절제하게 생산되는 에코백에 대해서 이야기했지만, 그래도 천으로 만든 가방을 일회용품 대신 사용하는 것
은 환경적으로 큰 의미가 있다고 생각합니다. 조금 귀찮다고 느껴질 때도 있지만 플라스틱 컵 대신 텀블러를, 휴지 대신
손수건을, 비닐봉지 대신 천 가방을 사용할 때면 지구에 쌓일 일회용품의 무게를 조금은 던 것 같아서 안심이 됩니다.

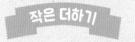

"초심 에코백!"

해야 하는 일보다 하고 싶은 일

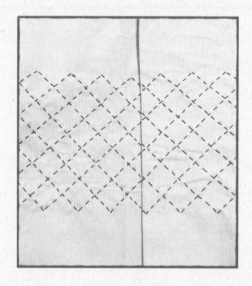

2016년 겨울은 제 인생에서 바쁨의 최고치를 갱신했던 날들이었습니다. 회사를 그만두고 일거리를 만들며 먹고살 걱정을 하던 시기 이후의 바쁨이라 정말 손목에 무리가 가도록 작업을 했었지요. 그러다 어딘가 나사가 빠진 것처럼 작업만을 하고 있는 나를 발견했습니다. 작은 여유와 행복을 위해 조금씩 시간을 쪼개 무언가를 만들고 싶어하던, 핸드메이드를 생각하기만 해도 손이 근질근질하던, 도서관에서 실용서적 쪽에선 발걸음을 못 떼던 나는 사라지고 한 주, 한 주 마감을 위해서 무언가 억지로 하고 있다는 느낌을 지울 수가 없었습니다. 특히 만화의 목적 과는 전혀 다른 삶을 살고 있는 기분이었죠. 하루의 비율에서 해야 하는 일보다 하고 싶은 일을 조금씩 조금씩 늘려가며 기뻐하던 초심을 다시 들여다보고 싶었습니다. 그래서 무작정 서점으 로 달려가 가장 눈에 띄는 새로운 자수법 책을 찾아 들고는 맛있는 라떼와 함께 단숨에 비우고 이 천 가방을 만들었던 것 같습니다. 지금도 늘 생각합니다. 처음의 마음, 가장 중요하고 잊으면 안 되는 그것. 어쩌면 이 모든 놀라운 것들을 가능하게 한 그 마음을!

⑰ 친해지고 싶은 태팅레이스

새로움을 알아가는 과정은
늘 설렙니다.

도서관 한구석에서 발견해
가슴께를 두드린 이것은

어?

우와~

바로
태팅레이스!

관련 책을 모두 빌려 와
온종일 눈요기를 했지요.

꾹

완성품들이 고급스러워서
굉장히 어려워 보이지만

팅

팅

팅

기본적인 매듭을 짜는 방법을 배우면
그때부터는 응용의 연속입니다.

이렇게…

한 손에는 실을 감은 셔틀을 잡고,
한 손에는 고리를 만들어서

shuttle
실을 감아
레이스를 짜는
도구

아래에서
위로 한 땀,

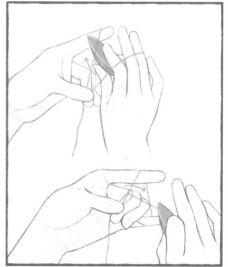

위에서
아래로 한 땀

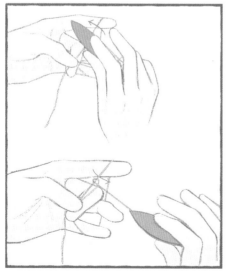

요렇게 한 세트인 매듭을 반복해
모양을 짜가면 됩니다.

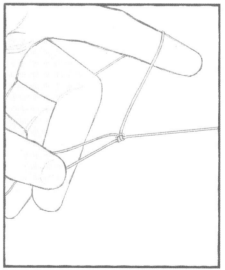

해보고 싶은 많은 것들에

이렇게 작은 것부터 한 땀씩 친해져야
다가갈 수 있겠지요.

마치 그날 나누었던
작은 대화처럼.

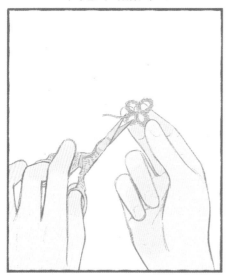

이제 막 배워가는 참이에요.
오빠는 틈날 때 뭐 하세요?

나는 책 보고, 영화 보고…
다큐멘터리 좋아해.

우연한 기회로 마음이
가는 것을 만나게 되고,

저도 다큐멘터리 자주 보는데,
영화는 상영관이 별로 없죠.

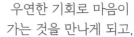

그치, 종로나…

자꾸만 관심이 가고
찾아보게 되고

관련된
물건들을 사고,

틈이 날 때마다 들여다보며
손을 길들이죠.

시간과 함께 쌓이는
작은 결실들.

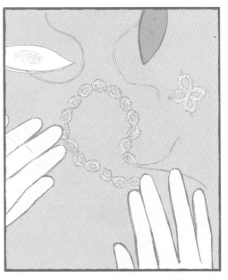

연습 겸 만든 레이스가 벌써
이만큼이나 모였네요.

아, 사은품으로 받은
케이스 리폼해야지!

띵똥

두근

!

두근

**오늘도
핸드메이드!**

이렇게 가끔씩 귀여운
쓸모를 발휘하기도 합니다.

─────Tip!─────

주로 도서관에서 새로운 친구를 많이 만납니다. 접하고, 공부하고, 작게 시작하고, 본격적으로 들어가는 단계를 밟아가지요. 공공도서관의 실용서적 칸에 가면 그 분야와 범위에 깜짝 놀라게 될 거예요. 유행하는 것들이 주를 이루는 서점과달리 도서관에서는 신간과 더불어 여러 사람들이 함께 쌓아놓은 한 권, 한 권을 만날 수 있습니다. 태팅레이스도 그렇게시작하게 된 고마운 친구입니다.

⑱ 내려놓는 용기를 주는 석고용사

문득 무거운 어깨가
느껴진 적이 있나요?

소신껏 하자는
마음가짐과 달리

겹겹이 붙어 있는
허영과 책임, 욕심.

남의 시선에 잔뜩 물들어버린
나를 발견하고

왠지 모를 씁쓸레함에
어두워진 하루.

이런 기분으로
오늘을 마무리할 순 없습니다!

이런 날 필요한 비누 향의
석고 방향제를 만들 거예요.

향오일

석고가루

올리브
리퀴드

올리브리퀴드와
향오일을 10그램씩 섞어두고

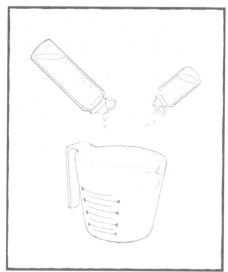

석고가루 100그램에 물을 섞어
묽은 크림처럼 될 정도로 반죽합니다.

휘적

휘적

여기 섞어놓은 오일을 붓고,
고루 퍼지도록 잘 섞습니다.

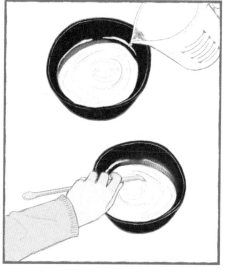

오늘도
핸드메이드!

누군가의 기대를 채워야 한다는
부담감도 섞어버리고,

휘적 휘적

어떤 지점에 도달하지 못하면
의미가 없단 생각도 부어버리고

실리콘 틀

쓸데없는 기포가 빠지도록 툭툭!

툭
툭
툭

이제 한두 시간 정도
충분히 마르길 기다립니다.

작고 모자라고 좀 부서지면 어떤지.

'잘'이나 '좋은'이 아니면
또 어떠한지.

이전의 기준과 다르면 어떤지.

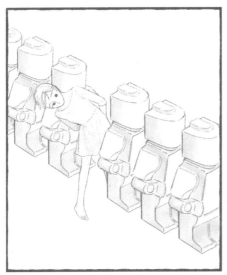

빈 어깨를 펴고
나를 봐야겠습니다.

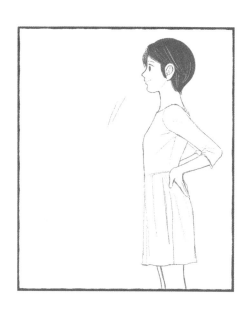

중요한 건,
내가 보는 나.

나를 싫어하지 않는 나와

쏘옥

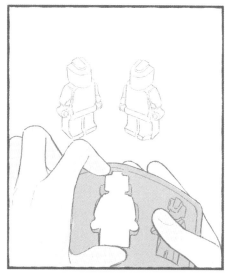

높낮이에 상관없이
내 위치를 존중하는 나.

가벼울 수 있는 용기는
스스로에게 있다는 것을.

쏘옥

냄새 좋다.

작업하는
공간에

쉬는
공간에도

늘 눈이 가는 곳에도

내게 무엇이
중요했던 것인지

볼 때마다 잊지 않을게요. 용사들!

──────Tip!──────

저는 가지고 있던 오래된 석고가루를 사용해서 물을 많이 넣었지만, 보통은 석고와 물의 비율이 7:3 정도가 적절해요. 물이 많으면 굳는 시간이 오래 걸리고, 나중에 밀폐된 봉지나 용기에 포장하면 물방울이 맺힙니다. '올리브리퀴드'는 물과 향오일이 잘 섞이도록 하는 역할이니 꼭 넣어주세요. 향이 날아간 석고는 오일을 몇 방울 뿌리면 다시 쓸 수 있습니다.

⑲ 드론워크 자수 손수건

어느 한쪽으로
기울거나

치우치지 않고
고른 상태.

웃샤

균형의
정의이지요.

누구나 살면서 저마다의
균형을 찾아갑니다.

나의 균형은
막 손을 씻은 것처럼

좋은 냄새가 나지만
살짝 건조한 듯한 그 느낌과 같습니다.

**오늘도
핸드메이드!**

사람뿐 아니라
일과도 마찬가지.

아자!

얼마 전, 새로운
유럽 자수법을 배웠는데

'뽑아냈다'는 이름의 뜻 그대로
원단의 씨실과 날실을 뽑아

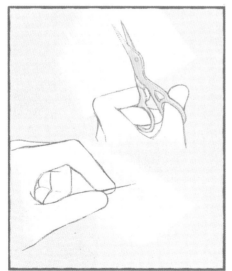

올을 다발 짓거나 휘감쳐서 무늬를
표현하는 기법인 '드론워크'입니다.

베이지색 면의 실들을
바늘로 긁어 한 올씩 빼내고

대여섯 가닥씩 묶어
무늬를 만들죠.

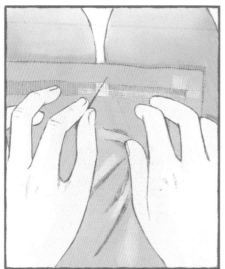

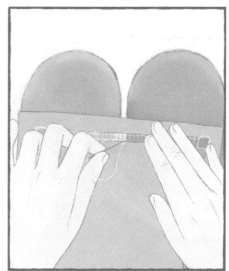

귀퉁이에 부드러운 곡선이 들어간
소박한 손수건을 떠올렸습니다.

**오늘도
핸드메이드!**

손수건의 모서리마다 크림색 실크사로
헴스티치를 놓는 일은

하루에 한쪽 모서리를 끝내기도 벅찬,
오래 걸리는 작업이지요.

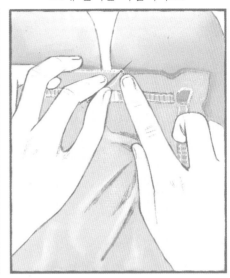

어서 오세요!
손뜨개 동물 인형…

웅성

웅성

덕분에 처음으로 뜨개 인형을
선보이러 간 곳에서의

…입니다.

웅성

웅성

길고 긴 시간을 버틸 수 있었습니다.

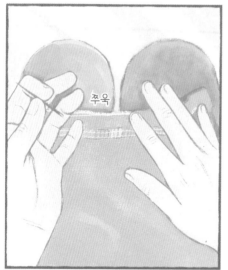

쭈욱

당연히 사람들이
좋아할 수도, 싫어할 수도

누구

안 오시나?

아예 관심 밖일 수도 있다고
예상했지만,

음…

반응을 직접 눈앞에서
확인하는 기분은 다르더라고요.

좋아하는 일을 하고 싶기에
온 마음을 다하지만

결과에만 집착하면 일에 대한
마음이 닫힐 수도 있습니다.

앞서 말한 적당한 건조함이
이때 꼭 필요해요.

매듭진 올 사이의 거리가
손수건을 더 아름답게 만들어주듯이

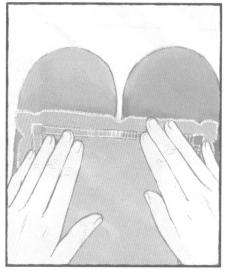

점차 일과 나와의
적절한 균형을 찾을 수 있겠지요.

조금 오래
걸리더라도

무엇과도 바꿀 수 없는
소박한 드론워크 자수 손수건처럼!

Tip!

서양 자수는 보통 색실과 흰 실 자수로 나뉩니다. 색실로는 보통 프랑스 자수라고 하면 연상되는 것처럼 스티치를 활용해
꽃과 같은 형태를 놓고, 흰 실 자수는 원단 자체에 무늬를 내서 레이스와 더 닮은 자수법입니다. '드론워크'는 흰 실 자수
에 속하지요. 고급스럽고 빈티지한 느낌이 잘 드러나 어렵지만 완성하는 보람이 큰 자수법이랍니다.

"드론워크 자수 손수건"
느리고 단단한 위로

'드론워크 자수 손수건' 편은 네이버 도전만화 때의 첫 에피소드였습니다. 이때만 해도 정확하게 어떤 형태의 이야기들이 나올지 저도 확신하지 못하고 있었지요. 사실 『오늘도 핸드메이드!』는 무작정 좋아하는 것들을 한데 모아 어쩌면 오로지 나만을 위해서 시작한 만화입니다. 비교적 멀쩡히 다니던 회사를 그만두고, 벌이가 변변치 않더라도 내가 좋아하는 그림을 그리고, 글을 쓰고, 수공예품을 만들어 삶을 꾸려나가고 싶어 하는 스스로를 위로하기 위한 목적이었지요. 앞으로 어떤 삶이 펼쳐질지 알 수 없었고 매일매일이 치열했기 때문에 그런 하루를 조금씩 느린 시선으로 다정하게 바라보고 싶었습니다. 실제로 이 베이지색 손수건은 처음으로 만든 수공예품을 팔러 간 곳에서 일주일 동안 만들었습니다. 이런 딴짓을 했기 때문에 성과가 좋지 않았다고도 말할 수 있겠지만, 애정을 잔뜩 담아 만든 것들이 누군가에게 무관심의 대상이 되고 쓸데없다는 평가를 눈앞에서 듣는 일들은 초반엔 매우 힘이 들었지요. 그런 말이 나올 것이라는 걸 충분히 예상했는데 말입니다. 만화에 나온 것보다도 훨씬 굉장히 시간이 오래 걸렸지만 마음을 다잡는 데는 효과가 있었습니다. 가끔 프리랜서로서의 삶에 지치거나 약해질 때 손수건을 매만지며 처음에 단단히 묶었던 그 심정을 떠올리곤 합니다.

20 전하지 못할 목도리

장을 보던 중에

어머,
털실을 다 파네.

의외의 공간에서
발견한 실뭉치들.

털실들을 물끄러미 보다가
떠오르는 한 사람이 있습니다.

이 색깔,
잘 어울릴 것 같은데…

결국 담고
말았네요.

줄 수 있을지 모르겠지만
우선 코를 잡습니다.

평소 청색 계통의 차분한 색을
좋아하는 사람이니

진한 보랏빛을
하나쯤 더하면 어떨까요?

너무 금세 만들어버리지 않게
시간이 더디 가도록

따각

따각

모스 스티치로
떠주려고요.

멍석 뜨기라고도 하는데, 겉뜨기와
안뜨기를 번갈아 떠 무늬를 만듭니다.

겉뜨기, 안뜨기를 한 코씩 번갈아 뜨고
다음 줄은 순서를 바꾸어 떠서

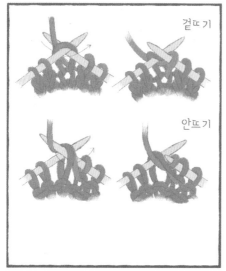

겉뜨기

안뜨기

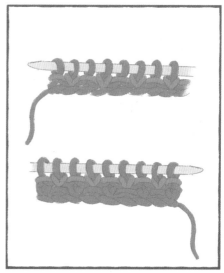

교차 무늬가 나타나도록
하는 방법입니다.

모스 스티치로 뜨면 편물에 힘이 생겨서
카펫이나 가방을 만들 때도 유용하지요.

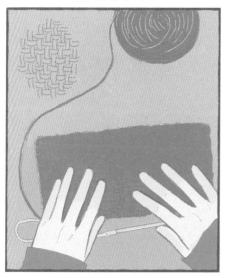

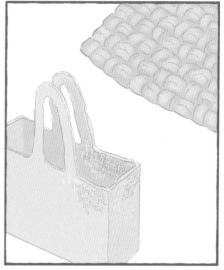

오늘은
여기까지.

하루에 딱 몇 줄씩만,
그를 생각했으면 좋겠습니다.

때때로 연락하고픈
마음이 다섯 줄.

다정한 연인들을 바라보다 세 줄.

별생각 없는 그의 말에
두근거리며 열 줄.

함께 보고 싶었던 영화를 보며 열 줄.

진한 보라색이
왠지 내 마음인 것 같아

실을 바꾸어
쭉 떠 내려갔습니다.

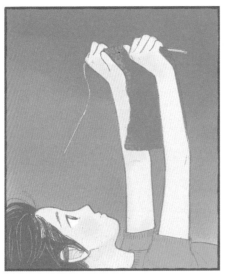

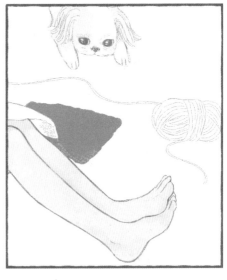

**오늘도
핸드메이드!**

남은 실들은 돗바늘로
잘 숨겨주면

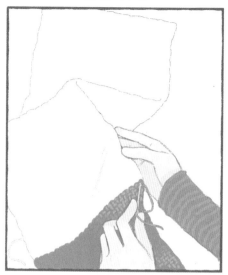

아이보리와 보라색의 조합이
제법 괜찮은 목도리가 완성됐습니다.

말이라도
해볼까…

가볍게 건네기에도
너무 마음이 가득해서

안 되겠어···

?

결국 옷장 속에
넣어버렸습니다.

언젠가는 그에게
꼭 전할 수 있기를!

――――――Tip!――――――

손뜨개라고 하면 가장 상징적으로 떠올리는 아이템이 바로 목도리가 아닐까 합니다. 요즘엔 일부러 작고 짧게 뜨는 쇼트 목도리나, 프티 목도리도 많이 만들지만 보통의 목도리를 뜰 때는 생각했던 길이보다 1.5배 정도 길게 떠주는 편이 둘렀을 때는 예쁩니다. 뜨다가 지쳐 애매한 길이로 끝냈다가 사용하지 못하는 것들이 제게도 더 많거든요.

"전하지 못할 목도리"

짝사랑 속 숨은 이야기

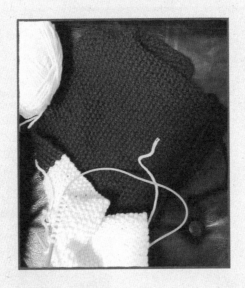

언제부터인지 저는 짝사랑 하면 손수 만든 목도리가 떠오릅니다. 학창 시절 주구장창 읽어 대던 순정만화 때문일까요? 좋아하는 사람에게 차마 전할 수 없는 마음이 넘치도록 담긴 핸드메이드 목도리. 다소 잔잔한 제 만화에서 감정적인 동요를 일으켜주는 주요 인물은 '하진'입니다. 소영이 저를 닮은 캐릭터이듯, 하진도 지금의 제 남편이 된 사람을 닮은 캐릭터입니다. 하진이 나오는 에피소드마다 다들 실화인지, 현재 진행형인지를 궁금해하셨는데 이 자리를 빌려 말하자면 연애 초기 우리의 모습을 조금씩 꺼내 담은 이야기들입니다. 실상은 더 심심하게, 별 다른 굴곡 없이 만나게 되었는데 그 전까지 짝사랑 인생을 살아온 제게는 스물넷 해의 어느 때보다도 드라마틱한 순간이었죠. 아직까지도 제가 어디서 용기가 나 먼저 연락을 하고, 연애를 시작하게 되었는지 의문스럽습니다. 삶에서 한 번도 짝사랑을 안 해본 이가 있을까요? 소영의 짝사랑은 제 이야기와는 사뭇 다르겠지만, 다들 설레는 마음으로 지켜봐 주셨으면 좋겠습니다. 참고로 저 목도리는 참고 인물에게 잘 전해주었답니다.

앤 셜리 풍의 손거울 만들기

준비물 : 실, 바늘, 가위, 패브릭, 손거울, 수예용 본드

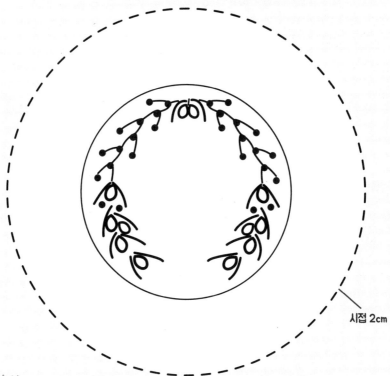

시접 2cm

만드는 순서

1. 손거울 뚜껑 틀(지름 5.7cm)에 시접(2cm 이상)을 넉넉히 주어 원단을 2장 잘라줍니다.

2. 원단을 겹쳐 자수를 놓습니다. 정가운데부터 순서대로 놓습니다.

3. 뚜껑에 위치를 맞춰 올리고, 시접 부분에 홈질을 한 후 당겨 오므려줍니다.
   팽팽하지 못한 부분은 실로 엮어 당겨줍니다.

4. 손거울 윗면에 수예용 본드를 뿌린 후, 뚜껑을 조심스럽게 올려줍니다.
   마를 때까지 위쪽에 무거운 것을 올려 고정해줍니다.

5. 완성!

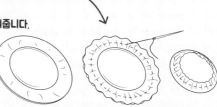

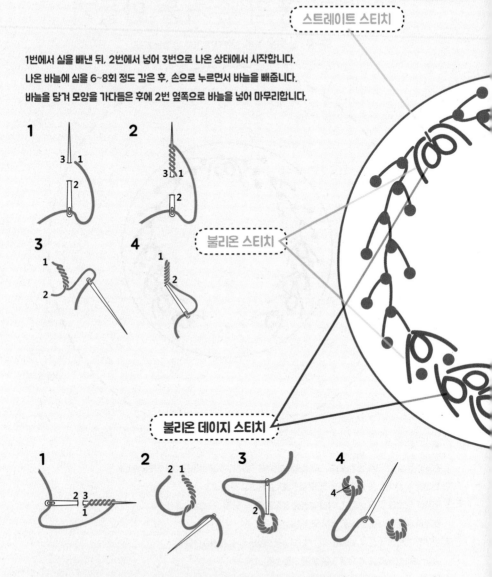

1번에서 실을 빼낸 뒤, 2번에서 넣어 3번으로 나온 상태에서 시작합니다.
나온 바늘에 실을 6~8회 정도 감은 후, 손으로 누르면서 바늘을 빼줍니다.
바늘을 당겨 모양을 가다듬은 후에 2번 옆쪽으로 바늘을 넣어 마무리합니다.

스트레이트 스티치

1

2

3

4

불리온 스티치

불리온 데이지 스티치

1

2

3

4

1번에서 실을 빼낸 뒤, 2번에서 넣어 3번으로 나온 상태에서 바늘에 실을 감아줍니다.
감은 실을 살짝 누르며 바늘을 빼고, 실의 모양을 둥글게 다듬어준 뒤, 2번 근처로 바늘을 넣습니다.
4번에서 바늘을 빼내 두꺼운 부분을 한 땀 고정해줍니다.

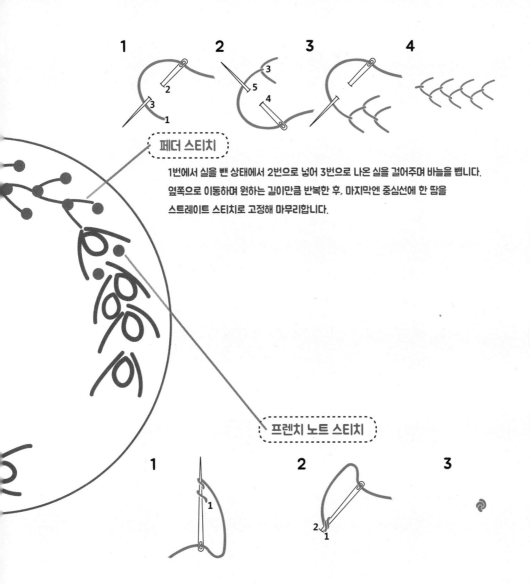

1 **2** **3** **4**

페더 스티치

1번에서 실을 뺀 상태에서 2번으로 넣어 3번으로 나온 실을 걸어주며 바늘을 뺍니다.
옆쪽으로 이동하며 원하는 길이만큼 반복한 후, 마지막엔 중심선에 한 땀을
스트레이트 스티치로 고정해 마무리합니다.

프렌치 노트 스티치

1 **2** **3**

1번에서 실을 빼낸 뒤, 바늘에 실을 두 번 감습니다.
실을 감은 상태에서 1번 바로 옆 2번으로 바늘을 넣어 매듭을 만들면 마무리됩니다.

제 삶에서 '만화책'은 뽑아낼 수 없는 아주 두꺼운 뿌리 중 하나입니다.

1990년생인 저는『드래곤볼』,『꽃보다 남자』,『명탐정 코난』,『원피스』,『월광천녀』,『내일의 왕님』같은 일본 만화책을 재밌게 읽으며 자랐습니다. 물론『다정다감』,『오디션』,『빨간 머리 앤』처럼 한국 만화책도 참 좋아했어요. 만화를 전공하는 고등학교에 진학하고는 정말 원 없이 만화책을 접했지요. 그때 즈음 웹툰 형식의 만화들이 온라인에 등장하기 시작했습니다.

처음 접했던 웹툰은『마린블루스』였어요. 포털이 아닌 개인 사이트에 연재되던 시절이라서 비정기적으로 올라오는 웹툰을 보려고 하루 한 번씩 방문하는 건 필수 일과였지요. 그때도 사부작거리며 일기 형식의 개그 만화를 그려 인터넷에 올린 적도 있답니다. 전공을 바꿔 공부하고, 회사에서 일하는 동안엔 직접 그리진 못했지만 늘 서점에선 가장 먼저 만화책 코너를 향했습니다.

작은 칸들 사이에서 주고받는 대화와 흑백의 그림들이 때로는 현실보다 넓고도 높게, 이 세상에 없는 세상을 보여주는 손바닥만 한 만화책 한 권. 언제부터였는지 기억도 나지 않지만 해마다 적는 목표에는 '내 만화책 출간하기'를 빼놓은 적이 없었지요. 『오늘도 핸드메이드!』도 이렇게 대중적인 포털에 연재될 것을 기대하지 않고 어느 정도 연재분이 쌓이면 작게나마 출간을 하는 것이 먼 목표였습니다. 실제로 데뷔 전, 출간 제의가 여러 군데에서 왔으나 대부분 실용 서적을 기반으로 핸드메이드를 만드는 방법과 만화 내용을 반반씩 섞어 출판하는 방식을 권했습니다. 비아북은 제게 '만화' 그 자체만으로 책으로 내는 것을 제안해주신 제게는 참 소중하고, 고마운 출판사입니다. 부끄럽지만 이렇게 책의 말미에나마 진심 어린 마음을 표현해봅니다.

　1권에는 미처 다 풀지 못했던 편들에 작은 에세이와 '앤 셜리 풍의 손거울' 도안을 더불어 수록하였습니다. 이 글을 쓰는 내내 설명할 수 없는 감정이 눈과 코와 가슴을 오가며 울렁입니다. 와, 이제 정말 제 만화의 첫 권이 끝나는 순간이네요. 모두에게 깊은 감사를 드립니다.

이 책을 선택해준 모든 이에게.

소영 드림

오늘도 핸드메이드! 1

지은이 | 소영

초판 1쇄 인쇄일 2017년 10월 23일
초판 1쇄 발행일 2017년 11월 1일

발행인 | 한상준
편집 | 김민정 · 윤정기
디자인 | 김경희 · 조경규
마케팅 | 강점원
관리 | 김혜진
종이 | 화인페이퍼
제작 | 제이오

발행처 | 비아북(ViaBook Publisher)
출판등록 | 제313-2007-218호(2007년 11월 2일)
주소 | 서울시 마포구 월드컵북로 6길 97(연남동 567-40 2층)
전화 | 02-334-6123 팩스 | 02-334-6126 전자우편 | crm@viabook.kr
홈페이지 | viabook.kr